脚本・山本奈奈　李 正美
宮本勇人　福田哲平
ノベライズ・蒔田陽平

日曜劇場
ANTI HERO
アンチヒーロー
（下）

JN118426

扶桑社文庫
0815

本書はTBS系日曜劇場『アンチヒーロー』のシナリオをもとに小説化したものです。

小説化にあたり、内容には若干の変更と創作が加えられておりますことをご了承ください。

なお、この物語はフィクションです。実在の人物・団体とは関係ありません。

6

倉田功《くらたいさお》が逮捕された日の夜、赤峰柊斗《あかみねしゅうと》が事務所に戻ると、オフィスの奥にある明墨《あきずみ》の執務室に人の気配があった。まだ仕事をしているのかと覗くと、ブラインドの向こうに緋山啓太《ひやまけいた》の姿が見えた。

「!!」

息を殺し、赤峰は様子をうかがう。

「過去の携帯から履歴を探ったら、ひとり連絡がつきました。江越《えごし》のもとで働いていた人間です」

「いいですね」

明墨正樹《まさき》は淡々と続ける。「そのまま探っていきましょう」

「あとは十二年も前の物がまだ残っているか……ですが」

十二年前……やはり糸井《いとい》一家殺人事件に関係している!?

「手もとに残しているはずです」と緋山が返す。「相手の弱みを握って支配する。江越とはそういう奴です」

「その言葉、信じてますよ」

「はい……じゃあ」

緋山が部屋を出てくる気配を感じ、赤峰は慌ててデスクの陰にしゃがんだ。執務室を出た緋山は、赤峰に気づくことなく事務所を去っていく。

「ふう」と息を吐き、立ち上がったとき、執務室のほうから声をかけられた。

「お帰り」

「！」

明墨が出てきて、赤峰に言った。

「別によかったんだよ。外で待ってなくても」

「……緋山さんがいらしたのが見えたので」と赤峰は自席につく。

「控訴審の打ち合わせをね」

「……」

「君は？　こんな時間に何を？」

「急ぎの仕事を思い出して」と赤峰はデスクの上の書類をかき集める。「当て逃げの。朝までに出さないと」

「そう」

赤峰は疑念を込めた強い目で見つめる。しかし、明墨が動揺を見せることはなかった。

留置所の接見室。紫ノ宮飛鳥《しのみやあすか》がアクリル板越しに父である倉田と向き合っている。

「倉田さん」

あえてそう呼んだ。

「……」

「あなたの罪状は虚偽告訴幇助及び国家公務員法違反となります。でも、勾留の要件該当性は争えるはずです。勾留請求の却下を主張できる」

「……」

「私があなたの弁護を担当します」

「……飛鳥」

名前を呼ばれ、紫ノ宮はきっぱりと告げる。

「娘として言ってるんじゃない。ひとりの弁護士として言ってるんです」

「弁護士は必要ない」

倉田は即座にそう返す。

「私はこの逮捕に納得している。罪を受け入れ、償うつもりだ」

「納得？……それなら全部の罪を償うの？……志水《しみず》さんの冤罪についても？」

核心に切り込まれた途端、倉田の目からふっと感情が消える。

「……紫ノ宮弁護士、もう話すことはありません」

「！……」

「終わりました」

倉田は留置担当官に言い、立ち上がった。

接見室を出ていく父を、紫ノ宮は唇を噛んで見送った。


留置所を出た紫ノ宮が悄然と千葉県警本部の廊下を歩いている。向こうから歩いてきた男がすれ違いざま声をかけてきた。

「知ってるかな。紫ノ宮弁護士」

振り向き、紫ノ宮は絶句した。自分に話しかけてきたのは伊達原泰輔《だてはらたいすけ》検事正だったのだ。東京地検のトップに君臨する男である。

「どんな名医も肉親の手術は難しいという。家族をむしばむ病を前に、思い知ることになるからだよ。自分の無力さを」

何が言いたいのだ……？

紫ノ宮の目に浮かぶ疑問に答えるように、伊達原は続ける。

「お父さんのことを思うなら、弁護は冷静な他者に任せたほうがいい」

私が刑事部長の娘だと知ってる……⁉

「あなたもいろいろとショックだったでしょう。心中お察しします」

そう言い残し、伊達原は去っていった。


「伊達原検事正が⁉」

事務所に戻った紫ノ宮から話を聞き、赤峰は身を乗り出した。

「倉田刑事部長と知り合いなんですか？」

「わからない。でも、私のことも知ってた」

「……」

「父は今回の事件の捏造《ねつぞう》に関しては罪を認めてる。だけど、志水さんの事件についてはやっぱり何も教えてくれない」

「……その件に、検事正も関わってるってことか」

迅速すぎる父の逮捕への動きに関し、「口封じかもな」と告げた明墨の言葉が紫ノ宮の脳裏をよぎる。

「……そうかもしれない。父に会いに来たタイミングといい、私のことまで把握してるって普通に考えてもおかしい」

「……検事正もか」

含みのある赤峰の言葉に、すぐに紫ノ宮が反応する。

「検事正も？」

「もしかしたら、緋山も志水さんの事件の関係者かもしれないんです」

「緋山さんが⁉」

「実は昨日、緋山が事務所に来てて。先生は控訴審の打ち合わせって言ってましたけど、話してたのは全然別のことでした。先生は緋山に何かを探させてるみたいなんです。十二年も前の物がまだ残っているか――そう言ってました」

「！……」

「もしかしたら、先生が緋山を無罪にしたのにも理由があって……今までの事件もすべて志水さんの事件につながってるとしたら？」

「……」

「……もし本当に志水さんが冤罪なら、知ってしまった以上、僕は引き下がれない。罪を着せられた人が想像できないくらい苦しい思いをしているのを、ずっと見てきたから」

「……私も知りたい。父が何を隠しているのか。父のせいで傷ついている人がいるのなら、私にも責任がある」

ふたりはうなずき合い、決意を新たにする。

※

「主文。被告人を懲役一年に処する。この裁判確定の日から二年間、その刑の執行を猶予する……」

裁判長はその後も何か話しているが、被告人席に立つ沢原麻希《さわはらまき》の耳には、もう何も入ってこなかった。

法廷を出るや、麻希は弁護士の藤堂《とうどう》に食ってかかった。

「こんなの納得いきません！　私は嵌《は》められたんですよ。断固控訴します！　すぐに手続きを」

「そのことなんですが……」

言いにくそうに口を開いた藤堂は、廊下の前方に視線を送る。つられて麻希もそちらに目をやる。

　どこかやさぐれた雰囲気の長身の男がこちらに向かって歩いてくる。

「あの人……」

　近頃、何かと話題の弁護士だ。たしか明墨……。

　目の前に立ち、明墨は言った。

「沢原麻希さんですね」

「そうですけど……」

「私があなたを無罪にして差し上げます」


　デスクに№7のノートを広げ、赤峰が作業をしている。資料を抱えた青山憲治《あおやまけんじ》が背後を通りかかり、ノートを覗き込んだ。

「松永《まつなが》さんの再審準備ですか？」

「え？」と反応したのは白木凛《しらきりん》だった。「松永さん、再審前向きなの？」

「いや、まだなんです……」と赤峰は残念そうに首を振る。「正一郎《しょういちろう》が有罪になって、富田誠司《とみたせいじ》も逮捕されて、再審請求できる状況にはなったと伝えています」

　隣の席の紫ノ宮も作業の手を止め、会話に耳を傾ける。

「ただ……」

　口ごもる赤峰に代わり、青山が言った。

「松永さんの事件を覆すにはさらに強い証拠が必要でしょうね」

「はい」

　デスクに積まれた松永関連の資料を手に取り、青山が目を通しはじめる。

「現場に居合わせた同級生四人が松永さんの犯行だと証言したため、松永さんが逮捕、起訴された。しかし逮捕の前日、正一郎の父、富田から同級生四人に対し、五十万円ずつ渡っていたことが判明……なるほど」

「そのときの入金記録は手に入れたんですけど。でも、それだけじゃ……」

「たしかにいくらでも言い逃れできますね。ただ金を借りただけだとか」

「たしか同級生四人のうちのひとりは認めてるんだよね？」と白木が赤峰に訊ねる。

「まだ証言するのは怖いって言ってんの？」

「はい」

「富田は逮捕されたんだし、しゃべっちゃえばいいのに」

　白木が口をとがらせたとき、明墨が執務室から出てきた。赤峰のデスクに積まれた資料に目をやり、「松永さんの再審証拠か」と声をかける。

「はい」

「集めるだけ無駄だな」

「！……無駄って」

顔つきを変え、赤峰が明墨を振り向いたとき、「あの」と入口のほうから声がした。皆が一斉に目をやると、三十代の女性がこちらの様子をうかがっている。

「……明墨先生いらっしゃいますか」

事務所を訪れたのは沢原麻希だった。

「お待ちしていました」と明墨が迎え、白木が会議室へと案内する。

もしかして、彼女も……。

赤峰と紫ノ宮は顔を見合わせた。


麻希を中心に事務所メンバーが会議室のテーブルを囲む。あらためて麻希が自己紹介を始めた。

「沢原麻希と申します。懲戒解雇される前は、大洋出版『週刊大洋』の副編集長を務めていました」

「有名雑誌だ。すごいですねー」

赤峰はNo.11と記された新しいノートを開き、メモしていく。

「いえ。副編集長といっても、たった五か月でしたから」

怪訝《けげん》な顔になる赤峰と紫ノ宮に、明墨が言った。

「大洋出版の情報流出事件を覚えてるだろ」

少し考え、赤峰はすぐに思い出した。

「すごい話題になってましたよね。たしか犯人は週刊誌の副編集長で、ＳＮＳの誹謗中傷もかなりひどかった事件で……え⁉」

まじまじと見つめてくる赤峰に、麻希は身を縮ませる。

「はい……その事件です」

青山がモニターに事件の概要を表示させ、白木が説明していく。

「昨年十二月、グループ社員らの問い合わせにより、社員の個人情報が外部に漏れているのではないかとの疑惑が浮上。調査の結果、社内の機密情報、取引先情報、グループ全社員の個人情報など、合計三十万件が流出していたことが判明。警察は状況証拠から現職従業員による漏洩とみて捜査を行い、その結果、沢原さんが逮捕されました」

一同を見回し、麻希が訴える。

「でも私、本当にやってないんです。まったく身に覚えがなくて……」

明墨が麻希にうなずいてみせる。

「沢原さんは一貫して無罪を訴えたが、先日、個人情報の不正提供などの罪で懲役一年、執行猶予二年の判決が出たばかりだ」

「控訴審の弁護ですね」と紫ノ宮は了解した。

「すでに控訴状は出してある」

そう言って、明墨は争点を説明しはじめる。

「第一審の判決は主に二点。一つは情報流出経路を調べた結果、沢原さんのＩＤが使われていたこと」

「でも、ＩＤって本人しか持ち得ませんよね」

赤峰の疑問に麻希が答える。

「去年、会社の身分証を失くしたんです。いつも鞄の内ポケットに入れてるんですが、帰ろうとしたら見つからなくて」

「真犯人に盗まれて、悪用された……」

赤峰のつぶやきに麻希が強くうなずく。

「犯行時刻は私がまだ館内にいる時間、午後8時頃だったそうです」

「ＩＤはその後見つかったんですか？」

「いえ。すぐ見つかると思って、手続きも面倒だし、しばらく放置してたんです。でも結局一週間経っても出てこなくて、再発行手続きを」

「そのこと、警察には？」と今度は紫ノ宮が訊ねる。

「言いました。でも……だったら、なんでお金を受け取ってるんだって信じてもらえませんでした」

「お金……」

つぶやく赤峰にうなずき、青山が麻希の口座の履歴をモニターに映す。

「沢原さんの口座に情報流出先である名簿販売業者『スターリスト』から三百万を超える振込が確認されたんです。それが有罪の決め手となった二点目です」

「そんな会社知らないし、その振込も警察から指摘されるまで気づかなかったぐらいで」と麻希は言い訳する。

「その点も第一審ではマイナスに働いたみたいね」と白木が返す。「入金にすぐ気づいて問い合わせでもしていれば、事情は違ったかもしれないけど……」

「お金を振り込んだスターリスト側はなんと？」

紫ノ宮の問いに応え、青山がスターリスト関連の資料をモニターに表示させていく。

「元代表取締役・田村浩紀《たむらひろき》の供述によると、流出された情報はＵＳＢメモリに入れられ、郵送されてきたそうです。封筒の送り主欄には沢原さんの名前と住所が。中には請求書も同封されていました。振込先は沢原さんの銀行口座が指定されています」

「つまり犯人は、沢原さんのＩＤで内部情報を抜き取り、それをスターリスト社に送って、沢原さんに対価が振り込まれるように仕組んだ……」

「ええ」と麻希が赤峰にうなずく。

「それと、鑑識によれば、送られた封筒やＵＳＢには沢原さんの指紋が付着していました」と青山が付け加える。

「かなり用意周到ですね」と赤峰は難しい顔になる。「でも真犯人はなぜ沢原さんに罪をなすりつけるようなことを……」

　聞き役に回っていた明墨がボソッと言った。

「陥れたかったんだろうね」

「!?」

「そんなことをするのは、もう社内の人間以外考えられません」と麻希がうなだれる。

「どなたか、心当たりが？」

　紫ノ宮に聞かれ、麻希は言い淀んだ。

「……断定はできないんですが……元上司だった上田《うえだ》という部下がいて」

「元上司だった……部下？」

首をかしげる赤峰に、麻希が説明する。

「私、編集デスクというポジションにいる上田を飛び越えて、一気に副編集長になったんです」

「へえ、すごい！」

「そうでもないです」と麻希は力なく笑った。「私が女性でなかったら、こういう人事にはならなかったと思うので」

「女性登用の流れ、ですか？」と青山。

「はい。昨年七月の人事で女性が相次いで昇進したんです。でも、その裏では『女だからって下駄を履かせて』なんて言ってる男性社員も当然いて。それでも気にしないように気を遣ってやってきたんですが……やっぱり上田との関係は気まずくて」

「立場が逆転したとなると、それはやりづらいですよね」と赤峰が麻希を慮る。

「沢原さんは、その上田さんが犯人だと？」

紫ノ宮に聞かれ、麻希は小さくうなずいた。

「なんの証拠もないんですけど……」

麻希が帰ったあとも会議は続いている。

「女性登用って国が言ってることなのに、それで苦しむ人がいるのってなんか無責任じゃない」

憤りを見せる白木に青山がうなずく。

「全部の会社がそうではないですが、マスコミなんかは少し遅れてますよね。だから今回のような事件に発展することも」

「でも、部下に出世を追い越されたら面白くはないでしょうけど……それだけでここまでするでしょうか」と紫ノ宮が疑問を呈した。

「たしかに」と赤峰も同意する。「内部情報流出って容疑者は限定されるし、そんなリスクを背負ってまで……」

結論づけるように明墨が口を開いた。

「……証拠はすべて沢原さんがやったと物語っている。不自然なほどにね。普通、犯人は自分の犯行だとバレないようにするものだが……名前に住所に振込先。そして指紋。まるで逮捕してくれと言わんばかり」

うなずき、赤峰が言った。

「やっぱり、誰かが沢原さんを嵌めたのは間違いない……」

※

最も疑わしい人物、上田基一《きいち》へのアプローチに明墨は大胆な手を使った。懇意にしているフリージャーナリストに声をかけ、明墨のインタビュー企画を週刊大洋に持ち込ませたのだ。世間を騒がす話題の弁護士への独占取材に、麻希に代わって副編集長に就任したばかりの上田は一も二もなく飛びついた。

数日後、大洋出版の会議室で明墨へのインタビューは行われた。付き添いとして赤峰と紫ノ宮のふたりも同行している。

担当事件についての赤裸々な告白から弁護士としての信念まで、インタビュアーの質問に、明墨は真摯に答えていく。

「今回、警察での証言の捏造がわかりましたが、以前にも検察による鑑定結果の書き換えがありました。こうした不正の背景には何があると思われますか?」

「我々司法の人間にとって、裁判は仕事であり日常です。ですが裁判は、人の人生を大きく左右するもの。その当たり前の事実を決して忘れてはならないんです。そういった意味でも私は、今後も弁護活動を通し、多くの司法関係者に警鐘を鳴らしていきたいと思っています――」

　取材が終わり、上田がにこやかに明墨に声をかけた。

「明墨先生、本当にありがとうございました！　大変有意義な取材になりました。特に千葉県警の不正を暴いた着眼点、大変感銘を受けました」

「こんな話でよければ」

「この内容なら、かなり売れますよ」

「それはよかった」

「あの、僕ちょっとトイレに」と赤峰が上田に声をかけ、「私も失礼します」と紫ノ宮も続く。ふたりは会議室を出るや、別々の方向へと歩いていく。

　明墨が編集部を見せてほしいと頼むと、「もちろんです」と上田は喜び、一緒に編集部へと向かった。

　忙《せわ》しなく人々が行き交う活気ある編集部を隅の応接コーナーから眺めながら、「そういえば……」と明墨は正面に座る上田に切り出した。

「先日、有罪になったそうですね。たしか、ここの元副編集長でしたか」

「ああ……申し訳ありません。お騒がせをしまして」

「職業柄、興味がありましてね。よければ聞かせてもらえませんか。どんな方だったんです？」

「そうですね……非常に仕事熱心で優秀でした。スクープのためならなんでもやるという感じで」

「そんな仕事熱心な方が、情報流出なんかして何かメリットがあったんでしょうか。苦労して副編集長になったというのに」

「それはまあ、どうでしょう……」と上田は言葉をにごす。

「何か職場に不満でもあったんでしょうか」

「……正直、部下とはあまりうまくいってなかったようです。間に入って相談に乗ったりはしたんですが……一度こじれると難しいですね」

「そうでしたか。でも、彼女が逮捕されたおかげで上田さんが副編集長になられたとか。内心、嬉しかったんじゃないですか？」

「いや、そんなことは――」

　さえぎり、明墨は隠していた牙を剝いた。

「沢原さんは無罪を主張しています。彼女の言葉が本当なら、犯人は別にいるということになります」

「え……」

戸惑う上田に明墨は微笑む。

「私、彼女の弁護士なんですよ」

「！……」

「またお目にかかります」


その頃、赤峰は休憩スペースでくつろぐ社員たちに聞き込みをしていた。

「沢原さんね。副編に押し上げられたはいいけど、結果出せなくて降ろされることが決まってたって話？　その腹いせに情報流したって」

「上田さんはいい人ですよ。むしろ噛みついてたのは沢原さん」

「そうそう。上田さんの下にいたとき、もうその取材はするなって何度も言われてんのに絶対指示に従わなくて」

思いのほか麻希の評判は悪く、赤峰は当てが外れてしまう。

自社の出版物が陳列されている棚に目をやると、週刊大洋のバックナンバーも並んでいる。半年ほど前の号の見出しが気になり、赤峰は手に取った。

目的の記事に目を通し、ハッとする。すぐにほかの号もチェックしていく。

もしかして、これが原因か……。


いっぽう、紫ノ宮は警備室を訪れていた。

「十二月五日の入館者の記録、見れますか」と警備員に訊ねる。

「いや、それはちょっと難しいかなー。外部の人に見せるっていうのは」

「そうですか……」

紫ノ宮は微笑み、スマホを取り出した。

「でしたら、あなたの勤務態度を報告させていただきます。ここは館内全体禁煙でしたよね」とスマホを操作し、ある画像を見せる。目の前の警備員が仕事をサボって電子タバコを吸っている姿が写っていた。

「!!」

「あまり大ごとにはしたくありませんでしたが、仕方ないですね。どうせ今見せてもらえなくても、あとで弁護士会や裁判所から照会をかけるだけですから」

「待ってください！」

あわあわしながら警備員は事件当日の入館記録を探しはじめた。見つけると安堵したように、「これです」と紫ノ宮に差し出す。「IDカードをタッチするたび、入退館の記録が残るようになってます」

「IDを失くした人は？」

「身分証を見せてもらって、部署の責任者に連絡して、確認が取れれば入れます。そっちの記録もご覧になりますか？」

「お願いします」

事務所に戻った紫ノ宮は、さっそく皆に入退館記録のコピーを見せた。

「事件が起きた時刻、館内に残っていた社員は全部で七十九名。そのうち、週刊大洋編集部の社員はふたり。沢原さんと上田さんだけでした」

明墨が記録を確認していると、大量の週刊大洋を抱えた赤峰が入ってきた。

「うわー、なになになに？」と白木が食いつく。

「すみません」と赤峰は打ち合わせテーブルに雑誌の山を置き、「これ、見てもらえますか」とそれを三つに分けていく。

「こっちが沢原さんが副編集長になる以前のもの。こっちが副編集長になったときので、それでこっちが沢原さんの逮捕後、上田さんが副編集長になってからのものです」

「……？」

「沢原さんが副編集長だった五か月間、あるシリーズの特集が組まれてました」

ページをめくっていた紫ノ宮が、「もしかしてこれですか？」とその特集を開く。「民英党議員・加崎達也《かざきたつや》の暴露記事」

白木もほかのバックナンバーを手に取り、その特集を探す。

「複数の女性との不倫疑惑、こっちは大企業の社長と連日パーティー三昧だって……馬鹿だねー」

「加崎ってたしか、法務副大臣ですよね」

「はい」と青山が紫ノ宮にうなずく。「富田の対抗派閥の議員で、ふたりのうちどちらかが次期大臣だと言われていましたが……富田の失脚で、今は加崎の独り勝ち状態だとか」

「まーだ派閥って残ってんだね。懲りないねー」と白木があきれる。

赤峰は一同に向かって、言った。

「沢原さんは長年、加崎を追っていたそうです。でも上田さんからはこれらの記事を却下され続けていた。だから、自分が副編集長になってようやく表に出せたんです……でも」

上田が副編集長になってからの号を手に取り、続ける。

「沢原さんが捕まってから、また加崎の話題は一切出なくなった」

「……」

「加崎の記事は反響も大きく、その時期は部数も伸びていたそうなんです。なのに、上田さんは決して出そうとしなかった。あんなに売れることに執着してる人が。その理由、気になりませんか」

明墨がうかがうように赤峰に訊ねる。

「上田と加崎には、何かあると？」

「はい」

「そこまで気づいてるなら話が早い」

「？」

「はい。これ設定済みなので」と青山がタブレットを赤峰に渡す。画面には誰かの位置情報が表示されている。

「GPS……上田さんを尾行しろってことですね」

「わかってきたね」

明墨に微笑まれ、いつの間にかグレーなやり方に染まってしまっている自分に赤峰は複雑な思いになる。

「上田はもともと政治ネタに強い記者だ。これまでも議員のスキャンダルを多くつかんできた。だが、そのネタには共通点がある」

紫ノ宮は最近のバックナンバーの見出しをざっと見て、言った。

「竹本《たけもと》派の暴露記事が目立ちます」

うなずき、明墨は続ける。「竹本派といえば加崎のいる奥田《おくだ》派の敵勢だ。タイミングといい、加崎にとって都合のいいスキャンダルばかりがピンポイントで出てきている」

赤峰はハッとした。

「上田さんの情報源は加崎……？　それじゃあ今回の事件、加崎にとっても上田さんにとっても、沢原さんが邪魔だったたから……！」

「自分が捕まるリスクを背負ってまで情報流出なんてできたのは、バックに政治家がいたから……と考えると不思議ではない」

明墨の言葉に、一同は深くうなずく。

「……あと、紫ノ宮さんには……」

「？」

※

翌日、紫ノ宮はとある雑居ビルを訪れていた。ここの二階に廃業した名簿業者のスターリスト社がオフィスを構えているのだ。まだ整理中のようで、がらんとしたフロアには雑然と段ボール箱が散らばっている。

若い女性とはいえ相手は弁護士。無下にもできず、元代表取締役の田村浩紀は仕方なく紫ノ宮の相手をしている。

「だから、送られてきたＵＳＢは検察が持ってったし、会社のパソコンも全部押収されたって」

「そのパソコンは？」と田村の脇のデスクに置かれたノートパソコンを紫ノ宮が指さす。

「これは俺の個人用」

「それ、お借りできませんか」

「馬鹿か。勘弁しろよ」

紫ノ宮は鞄から資料を出し、デスクの上に無造作に置いた。それはスターリスト社の税務関連の詳細な資料だった。

田村の顔から血の気が引いていく。

「結構な額、脱税してますよね。これ、知り合いの国税に渡したら喜ぶと思います」

紫ノ宮はスマホを取り出し、連絡先をスクロールしていく。

「脅してんのか」

スマホから顔を上げ、紫ノ宮は微笑む。

「学生時代の同期なんですけど、国税局の若手のホープで。先日の川原建設の脱税事件知ってます？　あれも彼が……あ、あった」

発信ボタンに触れ、紫ノ宮はスマホを耳に当てる。

「あの件は追徴課税何億だったかな……あ、もしもし」

「ま、待ってくれ！」

紫ノ宮はスマホを耳から離し、田村に言った。

「もう一度聞きます。それ、お借りできませんか」


その日、牧野紗耶《まきのさや》が暮らす養護施設『ゆめみらいの家』ではチャリティーマーケットが開かれていた。

園庭に設けられたバザーコーナーには近隣住民たちが集い、ゲームコーナーでは子供たちが歓声をあげている。

立ち並ぶ飲食の屋台の一つで、瀬古成美《せこなるみ》が子供たちに豚汁をよそっている。

「どんどん食べてね。おいしいわよ」

瀬古から豚汁の容器を渡され、「ありがとう」と男の子が礼を言う。

「どういたしまして」

列が途切れ、後ろで豚汁を作っていた施設長の神原《かんばら》が振り向いた。

「いつもありがとうございます。お忙しいのに、よく来ていただいて」

「私のほうこそお礼を言わなきゃ。ここに来ると心が洗われるの。ずっと法廷にいると、どうしても気持ちが滅入ってしまうから」

園庭の片隅で黙々とバザー用の品の整理をしている紗耶に目を留め、瀬古が豚汁の容器を持って歩み寄る。

「あなたもよかったら。自然栽培の野菜を使ってて、体にも優しいのよ」

声をかけられたことに驚き、紗耶は顔を背け、その場を逃げ出した。

「……」

持ち場に戻ろうと踵《きびす》を返した瀬古の前に誰かが立った。

「！」

そこにいたのは明墨だった。

食事用に置かれたテーブルにつき、瀬古と明墨が話している。

「控訴審の担当が誰かわかっているのよね？　裁判前の接触はまずいんじゃない？」

「接触も何も、たまたま居合わせただけですよ」

「養護施設に？」

「ええ。ボランティアに興味がありまして」

平然とうそぶく明墨に、瀬古は追及をあきらめた。

「そう……まあ、そういうことにしてあげるわ」

「瀬古判事こそ、ボランティアですか？」

「職業柄、悲しい事件を多く目にするでしょ。事件のその先に苦しんでいる子供たちがいる。少しでも力になりたくて」

見透かすような視線を浴び、瀬古は小さく首を振った。

「いや、違うわね。今のはきれいごと。ここに来るのは自分のため。無邪気な子供たちと接することで、自分の中に溜まった邪気を払ってるの」と笑って、子供たちのほうへと視線を移す。

「ご立派です。さすがいずれは最高裁判事と言われるだけある」

「よく言うわ」

子供たちを眺めながら、明墨が言った。

「沢原麻希さんを助けたいと思ってます」

「……」

「彼女は無実を主張しています。誰かに陥れられた、と」

「……彼女の第一審の資料、読んだわ」

明墨は黙って、瀬古の意見を待つ。

「同情する。まるで、過去の私を見てるようで」

「……」

「今と昔じゃ全然境遇は違うけど……まだまだ女性は生きづらいのね」

「彼女を陥れた人物に心当たりがあります」

「……そう」

「その男を調べています。証拠も間もなく手に入るでしょう」

「……彼女の無念、晴らしてあげて」

瀬古は席を立つと、微笑みを残し、去っていった。

　コンビニの裏口で小一時間ほど待っていると、ようやく松永理人《まつながまさと》が休憩に現れた。深く頭を下げた赤峰の前に歩み寄ると、面倒くさそうに口を開く。

「……もういいです、来なくて。あなたのせいじゃないのわかってますから……。正一郎が逮捕されて、こっちも少しは気が楽になりました。それで――」

「正一郎は別の事件で捕まっただけです」と赤峰がさえぎる。「まだ何も変わっていません。あなたは無実です」

「！……」

　強い目で松永を見据え、赤峰は言った。

「僕は絶対にあきらめません。あなたにこれ以上悔しい思いをさせたくない。だからお願いします。もう一度、僕と一緒に戦ってください」

　深々と下げられた後頭部を見つめ、松永はつぶやく。

「……ホントしつこいですね」

「……」

「僕も自分なりに勉強しました。相当の新証拠がないと再審を通すのは難しいって」

　ガバッと顔を上げ、赤峰は言った。

「見つけ出します！　あなたの無実を必ず証明します！」

「……」

赤峰はふたたび頭を下げ、「また来ます！」と踵を返した。

去っていく赤峰の背中を見送る松永の目には、かすかな光が宿っている。


上田の身辺を探ること数日、ついに加崎との接点をつかんだ赤峰は翌日の会議で報告をあげた。モニターに映し出された画像はどこかのバーの盗撮写真。奥まったテーブル席で上田がスーツ姿の中年男と話している様子が写っている。

「これか」

「はい」と青山が明墨にうなずく。「沢原さんに確認したところ、加崎の第一秘書で間違いないようです」

赤峰が続ける。

「ふたりはいつもこのバーで落ち合っているようです。店員に聞いたところ、ときどき加崎本人が来ることもあると」

「やはりそうか……そっちは？」と明墨は紫ノ宮をうながす。

紫ノ宮は田村から預かったノートパソコンを起《た》ち上げる。

「田村は逮捕後、スターリスト社を廃業し、会社名義のアカウントも削除していました。

メール、ＳＮＳ、すべてです。ですが幸いなことにネット上からは消えても、パソコンにはまだデータが残っていました。専門業者にすべて復元してもらった結果……」

紫ノ宮はパソコンを操作し、とあるページへと飛ぶ。

「これ、ご存知ですか？　スクレチャットというＳＮＳです」

「知ってる」と白木が即答した。「海外のＳＮＳで秘匿性が高いやつでしょ。身元がバレないっていう」

「はい」とうなずき紫ノ宮は続ける。「スクレチャットを通じ、田村は多くの裏取引をさばいていました。そこで情報流出日とみられる十二月五日以前に絞り、問い合わせしてきたアカウントすべての身元情報を特定してもらったんですが……送り主の中で一件だけ、大洋出版の社員の名前が」

紫ノ宮はタブレットにその情報を表示させる。その社員は上田基一だった。

やっぱり……！

一同が注目するなか、紫ノ宮はさらに上田からのメッセージを表示させる。

「上田は事件の二か月前、スターリスト社に問い合わせの連絡を数度にわたって送っていました。どんな情報をいくらで買ってもらえるのか、証拠は残るのかといった打診の内容です」

「SNSで下調べしておいて、実際の犯行は沢原さんに見せかけるため、USBの郵送というアナログな方法を取った……」

「そのようです」と赤峰にうなずき、紫ノ宮は明墨へと顔を向けた。

「証拠として使えますよね？」

「ああ……知っての通り、控訴審では一審で出せなかった正当な理由がないかぎり、原則新たな証拠は認められない。だが、真実発見に資する重要な証拠であれば、裁判所が職権で採用することはあり得る」

一同を見回し、明墨は言った。

「今回の裁判、裁判官が新証拠を採用するかどうかが大きな決め手になる」

「裁判官……」

赤峰のつぶやきを聞き、「ああ、そうだ！」と青山が口を開いた。「皆さんにはまだでした。控訴審には第三刑事部、瀬古成美判事が立つそうです」

モニターに映し出された瀬古の顔写真を見て、赤峰はハッとした。

松永の事件を裁いた裁判官だったのだ。

「つまりこの事件、瀬古判事が認めざるを得ない重要かつ説得力のある証拠が必要……」

明墨が赤峰にうなずいた。

その日の業務を終え、紫ノ宮が帰り支度を始めた。赤峰が目配せで屋上を示す。紫ノ宮が小さくうなずいた。

少し遅れて屋上に上がると、紫ノ宮が夜の風に吹かれていた。

歩み寄り、その隣に立つ。

「先生の狙いは加崎ってことですよね？」と赤峰が訊ねる。

「おそらく」

「今までの事件、先生が選んで弁護しているというストーリーが合っているなら、きっとこの事件も志水さんの事件と関わりがあるはず」

紫ノ宮が赤峰へと顔を向けて言った。

「加崎の不正が何かつながりが……？」

「倉田刑事部長、伊達原検事正、それに続いて政治家……これがどう志水さんの冤罪につながっているのか……もっと調べる必要がありますね」

「うん……沢原さんの控訴審、明後日だよね？」

「はい」とうなずき、赤峰は気づいた。「あ、そっか。紫ノ宮さん、その日地裁でしたね。例の食中毒事件の」

「そう。こっちも探ってみる」

「お願いします」

※

裁判所に入った紫ノ宮はエレベーターの前に司法修習生時代の同期を見つけ、「森尾《もりお》」と声をかけた。

「おう、紫ノ宮。これから法廷？」

「食中毒事件の証人尋問。10時から」

「ああ、あれか……」

森尾は弁護士ではなく検察官という道を選んだ。これから法廷で対峙することもあるだろう。

東京地検所属ということは……。

「ねえ、終わったあと、少し時間ない？」

「？……おう」

いっぽう、同じ庁舎内にある高等裁判所では沢原麻希の情報漏洩事件の控訴審が始まろうとしていた。

開廷を宣言する瀬古を、弁護人席から明墨がじっと見つめる。

弁護側証拠請求手続きのため、赤峰が席を立った。

「弁17号証はスターリスト社のすべてのメール、SNSのやりとりです。被告人から問い合わせがなかったこと。いっぽうで被告人の元上司だった上田氏からスターリスト社に問い合わせが送られていたことを証明するものです」

さらに有力な証拠を提示していく。

「続いて弁18号証、弁19号証は、ルナズバーというバーで上田氏が加崎達也議員の第一秘書と会っていたことを示す写真と店員の供述書になります。これらは加崎氏が数年来、上田氏にたびたび情報を提供していた事実を示すものです」

赤峰は続ける。

「最後に人証です。上田氏は長年、被告人が加崎氏に関する記事を提案するたびに却下し続けていたことがわかっています。そちらは証拠調べ請求書の通り、大洋出版社員の証言より示したいと思います」

第一審では出なかった新証拠の数々だ。

「弁護側はこれらの証拠を通し、被告人が置かれていた社内での状況や関係性を明らかにし、そのうえで、一つ、本件の犯行が被告人によるものではないこと。二つ、被告人が意図的に情報漏洩をしたように見せかけられ、陥れられていたこと。以上の二点を立証したい考えです」

「裁判長」と明墨も立ち上がった。瀬古がゆっくりと視線を合わせる。

「これらの証拠は第一審では判明していなかった新たな事実であり、刑事訴訟法三八二条の二の『やむを得ない事由』が認められます。また、何より被告人の無罪を示す重要な証拠です。どうか真実追究のため、賢明なご判断をお願いします」

「なるほど。検察官の意見はいかがですか?」

瀬古に振られ、担当検事の品川《しながわ》が答える。

「いずれの証拠につきましても、一審の段階で証拠請求が可能なものであり、採用は認められないと思料します」

「そうですね」とうなずき、瀬古は続ける。「入手の時期、および立証趣旨を考慮すれば証拠調べの請求自体は許されるかなと思いますが、いかがでしょうか」

「……その点はわかりました。ただその代わり、弁護人立証の著しい違法性を明らかにするため、当初の予定より先行して被告人の元上司である上田基一さんを証人としてお呼びすることを認めていただきたいと思います。証拠意見などはそのあとにまとめてお伝えいたしますので」

瀬古はふたたび明墨へと視線を移す。

「弁護人のほうで特に反対がないならその方針で進めたいと思いますが、弁護人、よろしいですか」

「わかりました」

上田が出廷し、検察側の証人尋問が始まった。

「先日、あなたの勤務先に明墨弁護士が訪ねてきたと先ほど答えていただきましたが、そのときのことを教えていただけますか？」

「あの日は取材のため明墨弁護士を弊社にお呼びしました。ですが取材が終わると被告人についていろいろと聞かれて……まるで私が犯人だと言わんばかりの言動に、非常に困惑しました」

「その後、何か気づいたことはありましたか？」

「はい。その夜帰宅したあと、鞄の中に見覚えのないものが見つかりました」

「どんなものですか？」

「小さくて、プラスチック状の塊のようなものでしたね」

品川が瀬古へと顔を向ける。

「供述明確化のため、検察官請求証拠甲36号証を示します」

「どうぞ」

「そのプラスチック状の塊のようなものとは、これですか？」

品川が証拠品袋をかかげてみせる。

「そうです。調べたところ、小型ＧＰＳ発信機だとわかりました」

「なぜ、そんなものがあったのでしょう？」

「最初は明墨弁護士が付けたのではないかと思いました。でも、まさか弁護士の先生がそんなことをするとも思えません」

「そこで、どうされたのですか？」

「あえて気づかないふりをしてみました」

「その結果は？」

「見覚えのある男に、たびたびつけ回されていることに気づきました」

「つけ回された？」と品川は大げさに驚いてみせる。「それで、その男というのは？」

上田は弁護人席へと視線を移し、赤峰を指さした。

「あちらにいる赤峰弁護士です……」

品川は赤峰を蔑むように見てから、瀬古に言った。

「裁判長。ここで供述明確化のため検察官請求証拠甲37号証を提示したいと思います」

「どうぞ」

モニターに映し出されたのは尾行中の赤峰の写真だった。

尾行している姿を逆に盗み撮りされる。自分の間抜けさに赤峰は恥じ入る。

数枚の写真を表示させ、「証人、いかがですか」と品川は上田に訊ねた。

「正直、今も信じられない思いです。弁護士という人の規範になるべき職業の人間が、一般市民の位置情報を四六時中追跡して、尾行したうえ盗撮まで行っていたなんて」

「法に携わる者の行いとは信じがたいですよね」

「異議あり」と明墨が初めて口をはさんだ。「すべて憶測による発言です。我々の言い分も聞かずに決めつけないでいただきたい」

「そうですね」と瀬古が異議を認める。「検察官、これを弁護人の仕業とする根拠を示してから聞くべきではないですか？」

「ですが裁判長、ＧＰＳ捜査の違法性についてはご承知の通りです。弁護側の行為とはいえ、著しい権利侵害が行われた可能性がある以上、これら一連の証拠を承服することはできかねます」

赤峰は明墨をうかがうが、特に動じた様子はない。

検察側の証拠の不承知は想定内ということか……。


上田が傍聴席へと退き、瀬古が明墨に反論をうながす。

「たしかに弁18号証などのこの写真は、尾行によって撮影されたものです」

品川が鬼の首を取ったかのように声を張った。

「裁判長！　根拠を示すまでもなく、今はっきりと弁護側が認めました。これは許されないことです」

「しかしながら、国家権力でない一般市民によって行われたGPSによる追跡、尾行、撮影は正当な弁護活動の一環として行われているかぎり、直ちに違法と評価されるものではありません。そして何より……裁判長」

明墨は瀬古を強く見つめる。

「ご理解いただきたいのは、弁護人が今回請求した証拠は被告人の無罪を明らかにするうえで、いずれも必要不可欠な証拠であるという点です。沢原麻希さんは無実です。その事実を証明するためにも、これらの証拠は採用に値すると弁護側は主張します」

「結構です。双方の主張はよくわかりました」

瀬古は明墨と品川を交互に見やり、おもむろに告げる。

「ではこれから、裁判所の結論を申し上げます」

「……」

「弁護側の今回の請求証拠はすべて……不採用とします」

「！」

被告人席の麻希が肩を落とし、赤峰は思わず声をあげた。

「裁判長、しかしこれらは――」

かぶせるように瀬古は続ける。

「弁護側の主張通り、これらが重要な証拠である可能性はあります。ですが個人の人権を侵害し、犯罪類似の違法な手段で入手されたものである以上、証拠として採用することはできません。もしこの証拠を採用した場合、一般市民は自由にGPSを第三者に取りつけ、尾行、盗撮を行ってもよいということと同義となり、国民のプライバシーが脅かされることになってしまう。高等裁判所裁判官として、私には今後の日本国民全体への影響を考える責任があります。したがって、これらの証拠は採用するわけにはいきません」

瀬古は明墨へと顔を向け、言った。

「弁護人は裁判の手順にのっとり、しかるべき方法で入手した証拠を提示してください。いいですね？」

「しかし裁判長！　沢原さんは――」

赤峰の叫びを、瀬古はふたたびさえぎった。

「たとえ被告人の防御のためであっても、法に携わる人間として恥じない行いを遵守してください」

「！……」

「本日の審理は以上。以後の審理は次回に持ち越しとします」

麻希を救い出せるはずのすべての証拠が不採用とされ、赤峰は愕然となる。思わず明墨をうかがうも、冷静沈着ないつもの表情に変化はなかった。

※

「沢原麻希の控訴審、弁護側の証拠は採用されなかったようです」

緑川歩佳《みどりかわあゆか》検察官からの報告を聞き、伊達原は愉しそうに笑った。

「尾行に気づいてやり返したって？　なかなかやるね。誰かの入れ知恵かな」と緑川に意味深な視線を送る。

「いえ、私は何も……瀬古判事が公正な判断をされたのだと」

「ああ、そうだね。瀬古さんだもんね。それはそれは彼女は裁判官の鑑みたいな人だからね」

「はい」と緑川は強くうなずいた。

「あ、なに、憧れてたりするの？」

「実は以前から親しくさせていただいておりまして」

「へえ、そうなの」

「そういえば、伊達原さんのことも話してましたよ」

「そう？　悪口とか言ってなかった？　僕、嫌われてるからねぇ」

「いえ、そんなことは」

「まあ、判事と仲よくなるのはいいことだよ。被告人の罪を立証するのが僕たちの仕事だけど、それを判事に認めてもらって初めて成果が出るものだからね」

「はい」

「ただね緑川くん、一つ忠告しておくけど」

「？」

「僕より偉くならないでね」

「気をつけます」と緑川は笑った。


公判を終えた紫ノ宮が食堂で修習生時代の同期の検事、森尾と向き合っている。紫ノ宮は唐揚げ定食、森尾は天ぷらそばだ。

「伊達原さんねぇ」と、ひと口そばをすすってから、森尾は言った。

「俺からすると雲の上の存在だからな。異例のスピードで出世を遂げた凄腕の検事！」

「異例の……」

「あの歳で検事正ってぐらいだから、同期と比べても群を抜いてる。現場にいた頃は有名事件バンバン挙げてたって、伝説になってるよ」

「有名事件って例えば？」

「ほら、あの西千葉建設の横領事件とか、俺たち学生だったけど、すごいニュースになってただろ」

「！……あれも伊達原検事正が？」

「そうそう。昔、千葉地検にいたから。会社の幹部が下っ端使っていろいろ金盗ませてたって事件で、その関連で悲惨な殺人事件が起こって」

間髪入れずに紫ノ宮が言った。

「糸井一家殺人事件」

「ああ、それそれ。それも検事正が陣頭指揮とって解決したって」

やっぱり、伊達原検事正が関わっていた……。

「……でも資料には……担当検事の欄には別の人の名前が」

「まあ、表に出る名前は別ってのはよくあることで、後輩に手柄を譲ったんだろうな。実際指揮をとってたのは伊達原さんで間違いないよ」

紫ノ宮の箸が止まっているのを見て、森尾が言った。

「唐揚げ一個もらっていい？」

「ダメ」

裁判所を出ると、紫ノ宮はあらためて糸井一家殺人事件についてスマホで検索しはじめた。これまでも調べてはきたが、こんな重要なことも見逃していたのだ。まだまだ些細な事実のなかに謎を解くヒントは隠されているのかもしれない。

そんなことを思いながら、過去の記事を読んでいく。

ふとある記述に目が留まった。

これは……。


その夜、ふたりだけになったオフィスで紫ノ宮と赤峰が話している。

「すべての証拠が不採用……」

「はい。でも、不思議なんですよ」と赤峰は裁判が終わってからずっと抱いていた疑問を紫ノ宮にぶつける。

「先生のことだから、GPSも僕の尾行もバレることは予想してたと思うんです。だけど何も反論しなかった」

「たしかに。でもそれにしたって……すべて不採用は厳しすぎる」

「国民全体への影響とかなんとか言ってましたけど……やっぱり控訴審で新証拠を出すって、相当ハードルが高いんですね」

「先生はなんて?」

「それが……」

赤峰は法廷を出たあとの明墨とのやりとりを思い出す。次の公判に向けて、新たな証拠を探したほうがいいのかを訊ねると、明墨はこう言ったのだ。

「その必要はない」と。

「必要ない？　どうして……」

「わかりません。でも、やっぱりあの様子だと何か考えがあるんだと……」

「いつもの、自分たちで考えろってことか」

赤峰はデスクにノートを広げた。糸井一家殺人事件に関する情報を書き記したものだ。自分の担当案件ではないのでナンバリングはしていない。

「先生が何を考えてるのか……僕にはまだ見えてないけど、もっと大きな視点で見ないといけないのかも」

つぶやき、赤峰はこの事務所に移ってからの担当案件のノート、№8から11までをすべてデスクの上に並べた。

案件一つにノート一冊って……。

目を見張る紫ノ宮を気にせず、赤峰はこれらの事件の詳細をあらためてホワイトボードに書き出し、明墨の意図を探っていく。

「緋山の事件のときは、姫野《ひめの》検事と中島《なかじま》教授による不正を暴いた。正一郎の事件のときは富田の不正。来栖《くるす》さんの不同意性交事件のときは……倉田刑事部長の」

話しながら赤峰は紫ノ宮をうかがう。紫ノ宮は先をうながした。

「だとしたら今回の狙いはやっぱり、上田さんと加崎の不正……ですよね」

「それは間違いないと思う。でも……それだけじゃないのかもしれない……」

「？」

「今日、司法修習の同期に話を聞いたの。十二年前、千葉地検で西千葉建設の横領事件の指揮をとってたのは伊達原検事正だった。そして糸井一家殺人事件も」

初耳の情報に赤峰は驚く。

「その後、異例のスピードで出世を遂げたらしい」

「やっぱり伊達原検事正も関係者だった……」

「あと、もう一つわかったことがある。先生はよく保護犬施設に出入りしている。そこにはミルにそっくりなマメという犬と、ひとりの女の子がいた」

「女の子？」

「名前は牧野紗耶。年齢は……十七歳」

話が呑み込めず、「あの」と口をはさもうとする赤峰を無視して、紫ノ宮が続ける。

「その子、見ず知らずの人の前ではあまり話さないらしいの。でも、先生の前では楽しそうに話してた……たぶん、長い付き合いなんだと思う」

「……」

「その子が誰なのか、ずっとわからなかった。でも今日、あらためて志水さんの事件を調べてみたら……」

紫ノ宮は、検索して見つけた事件についての独自取材記事をスマホに呼び出す。

「ここ、見て」

差し出された画面を赤峰が覗く。『一人娘のマリアさん（仮名・当時五歳）』という記述に紫ノ宮の指が置かれている。

「志水さんには一人娘がいた。記事では仮名になってるけど、年齢は当時五歳。今は……十七歳」

紫ノ宮の言わんとすることに、すぐに赤峰は気がついた。

「じゃあ、その女の子が……志水さんの娘？」

「可能性は高い」

「！」

「先生が志水さんとどんな関係なのかはわからない。でも、伊達原検事正も父も、そして緋山さんも……みんな十二年前の事件と関係がある。これは偶然じゃない」

「先生の行動の軸には、志水さんの事件がある」

赤峰はホワイトボードに糸井一家殺人事件についての情報を書き加える。出来上がった事件の相関図をふたりはじっと見つめた。

「だけど……」と赤峰が糸井一家殺人事件と線のつながらない二つの事件を指さす。

「この二つ目の正一郎の事件と今回の事件に関しては、まだつながりが見えない」

見えない線を探すように紫ノ宮はボードに書かれた人物名を凝視する。

……これらの事件をつなぐための誰かが欠けている？

そのとき、何かに気づいたように赤峰がパソコンに向かった。

事件に直接関わっていない関係者だっているじゃないか。

僕たち弁護士だってそうだ。

法曹関係者が事件と関わるのは、事件が終わってからだ。当然、事件の資料には法曹関係者の名前はない。だから伊達原検事正の関わりに気づくのも遅れた。同じような人物がほかにもいるのかもしれない。

その観点で糸井一家殺人事件を調べ直す。すぐにその人物の名前を発見した。

そういうことだったのか……。

赤峰は松永の事件について記した№7のノートも引っ張り出し、ふたたび事件を報じる記事へと視線を戻す。

急にバタバタしだした赤峰を紫ノ宮が怪訝そうに見ていると、明墨が戻ってきた。

「！　先生……」

「まだいたのか」と声をかけ、明墨はホワイトボードに目をやった。すぐにふたりが何をしていたのかに気がついた。

身じろぎもしない明墨に、パソコン画面に目を向けたまま赤峰が言った。

「……考えてたんです」

「？」と明墨が反応した。

「今回の事件……なんで先生は引き受けたんだろうって」

「……」

「沢原さんを無罪にする。その目的の裏には政治家・加崎達也がいるんだと、そう思ってました。でも、そうじゃない。ようやくわかりました……先生が何をしようとしているのか。この事件で先生が見据えていた相手が誰なのか……」

赤峰はパソコン画面を明墨へと向ける。

「それは……十二年前、志水さんに死刑を言い渡した人物……」

志水の死刑判決を報じる記事には、刑を言い渡した裁判長の名前も記されていた。

「先生の狙いは、瀬古判事だったんですね」

ハッとしたように紫ノ宮は明墨を見る。明墨は黙ったまま、赤峰の次の言葉を待つ。

「今回の事件、そして正一郎の事件に共通する人物――瀬古判事は正一郎が関係している松永さんの裁判で有罪を言い渡した判事でもあります」

「……」

「先生はずっと瀬古判事を見据えていた。松永さんの裁判を傍聴席で見ていた理由も、正一郎の裁判を使って富田の不正を暴いた理由も……瀬古判事にたどり着くため。仮にこのストーリーが合っているんだとしたら、瀬古判事には何か暴くべき闇があるということになる……」

明墨に語りながら、赤峰は与えられたピースでどんな絵が描かれるのかを考える。

「あのときすでに富田に買収されていた？　だから松永さんを有罪に？」

「……」

「今回の裁判も……瀬古判事は沢原さんを無罪にできる新証拠を採用しなかった。また判決が不正に操作されようとしている……」

明墨を振り返り、赤峰は言った。

「先生はそれを見越していたんですよね。だから、新しい証拠を手に入れる必要はないと言った。僕たちがどんな証拠を手に入れようと圧倒的に不利だった。瀬古判事には、加崎にとって邪魔である沢原さんを無罪にする気なんて、最初からない」

「……」

「違いますか？　先生」

「……」

ふっと微笑み、明墨はおもむろに語りはじめる。

「瀬古は最高裁判事の座を狙っている。そのポストを確実にするために政界の大物とのつながりを求めてる。最高裁判事の人事は内閣が任命するからね。富田が失脚した今、その相手が加崎だ。案の定、瀬古が控訴審に就いた。これ以上追及されないよう加崎が裏で手を回したんだろう」

「ＧＰＳは？」

「裁判の前に瀬古に会いに行き、上田を調べていると暗にほのめかした。上田は気づいていなかったはずだ。瀬古が加崎を通して忠告するまでは」

「やっぱり、先生がわざと気づかせたんですね」

「結果、上田は赤峰くんの尾行を逆手に取り、瀬古は証拠をすべて却下した」

赤峰は打ち合わせでの明墨の言葉をつぶやく。

「今回の裁判、裁判官が新証拠を採用するかどうかが大きな決め手になる……」

明墨はうなずいた。

「これで奴らのつながりがはっきりした」

赤峰は思わずホワイトボードに目をやる。瀬古判事というピースが加わることで新たな線が引かれ、すべての事件がつながっていく。

明墨は続けた。

「それは松永さんの再審も同じだ。自身の下した判決が誤審だったとわかれば、キャリアに傷がつく。裏で手を回し、全力で再審請求を退けるはずだ」

「！……」

再審の証拠を集めても無駄だと言ったのは、そういう意味だったのか……。

誰の目も耳も届かない会員制のバーのカウンターで、瀬古がグラスを傾けている。

「あの弁護士、これまでさんざん無茶を許されてきたんでしょうね」

隣に座る伊達原に愉しそうに話しはじめる。

「公判の数日前、私に接触しに来たのよ。あの時点で弁護士会にクレームを入れてあげてもよかったんだけど」

「それは、そうするべきでしたね」

らしくない発言に、瀬古は思わず伊達原を見た。

「……珍しい。ずいぶんと警戒するのね」

「いえ。あの男の周りで油断した者から次々と崩れていくのを見ていましてね……」

瀬古は鼻で笑った。

「私がこの地位に就くまで、どれだけ泥水すすってきたと思ってるの？」

「たくましいお言葉で安心しました。ただ……」

伊達原は酒をひと口飲み、言った。

「明墨はしぶといです。しっぽをつかまれないよう、お気をつけを」

「……」

あんな男に……。

瀬古の瞳の奥で青白い炎が揺れる。


パソコン画面に映る瀬古の写真を見据え、明墨は言った。

「つまりこの裁判、瀬古を落とさないかぎり勝ち目はない」

赤峰と紫ノ宮が無言でうなずく。

「ターゲットは瀬古……あいつの闇を炙り出す」

7

接見室のドアが開き、アクリル板の向こうに男が現れた。

「お待ちしておりました」

男は無言のまま目の前の席に座る。鋭い視線を浴びながら明墨は言った。

「そう警戒しないでください。実は……あなたのことをお助けしたいと思いましてね」

不敵な笑みを浮かべ、明墨は続ける。

「だってそうでしょう……あなたは無罪なんですから」


カウンターに空いたグラスを置き、瀬古は伊達原に言った。

「明墨の狙いが私だというのはわかってる。でも、そもそもつかまれるしっぽがあるとお思い？」

「そうでしたね」と伊達原が笑みを浮かべる。「公正で厳格な瀬古判事には不要な心配でした。これは失礼」

バーテンダーにお代わりを注文し、瀬古は話を変えた。

「今日はお礼するために来たの」

「富田議員のことですか」

「正一郎の裁判で捕まって以降、数々の余罪の疑いが出ていたから」

「当然検察としては余罪の件で勾留期間を延ばし、もう少し詰めれば自白させられると思っていましたからね」

「それを抑え込んだのね。あなたには頭が上がらないわ」

「でも富田を厄介払いできたほうが、都合がよかったのではないですか？」

「どういう意味？」

伊達原は推し量るように瀬古を見据える。

「……尽力するところを間違えると痛い目を見るものですから」

「……」

「みんなにいい顔をするのも大変ですね」

向けられた笑みの不気味さに瀬古の酔いが醒めていく。

霞が関にほど近い老舗ホテルのロビーに瀬古が颯爽と入ってきた。入口付近にいた紫ノ宮が装着したインカムにささやく。

「来ました」

廊下、ロビー、エレベーターホールなどそれぞれの持ち場で待機している赤峰、白木、青山がイヤホンから聞こえてきた紫ノ宮の声に気を引き締める。

宴会場のフロアに下りた瀬古は、『日本経済法務会　春の集い～加崎達也と司法制度改革の今と未来を語る～』と記された看板を確認し、入口へと向かう。

会場に入ってすぐの場所に加崎が立ち、来場者に挨拶をしている。瀬古に気づくと笑顔で歩み寄ってきた。

「お忙しいなか、今日はありがとうございます」

場内を見渡し、瀬古は言った。

「盛況ですね。さすが加崎副大臣がゲストとなれば人が集まらないわけがありませんね」

「気を遣わせてしまってるかな」

破顔する加崎に、「そうかもしれませんね」と瀬古も笑みを返す。

真顔に戻ると声をひそめた。

「あとでお耳に入れたいことが」

「……？」

数日前——。

事務所のメンバーが集まり、次回公判に向けての会議をしている。モニターにターゲットの資料を映し、青山が話しはじめる。

「加崎達也——現法務副大臣。最高裁判事の座を見据えている瀬古にとって、太いパイプを持っておきたい相手です。前にもお話しした通り、富田と加崎は同じ民英党の別の派閥同士、ライバル関係にありました。しかし、富田が失脚した今、加崎に敵はいません。次期法務大臣は確実と言われています」

「その加崎にとって何度もスキャンダルをつかまれている沢原さんは邪魔な存在だった」と赤峰が続ける。「だから上田に指示して、情報漏洩の罪を着せた。この業界から永遠に消すために……」

うなずき、紫ノ宮が言った。

「司法のお偉方にも顔が利く加崎は、沢原さんの有罪が確実になるよう裁判官にも手を回した。それが瀬古判事……ゆくゆくは最高裁判事の座に推してもらいたい彼女は、加崎に逆らえない……」

「って怖すぎ」と白木が大げさに震えてみせる。「沢原さんを陥れた加崎も、それを知って有罪にできる瀬古も……そんなのが政治家で裁判官とか終わってる」

「歪んだ権力を手にした人間は、それを失うまいと必死になるあまり、我を失う。人として誤った判断だと気づくことすらできなくなる」

明墨の言葉に場が重くなる。

空気を変えようと白木が明るく言った。

「てかふたりとも、いつ瀬古に気づいたの？　知らなかったの私だけ？」

「調べてたら、先生のやりたいことがわかってきて……」と赤峰が答える。

「ふーん……」

面白くなさそうな顔の白木に微笑みながら青山が言った。

「まあ、いずれにしても沢原さんを無罪にするためには、瀬古判事と政治家のつながりを暴くしかないってことですね」

「これは松永さんの再審を勝ち取ることにもつながる。自分の判決に傷がつくような再審請求は絶対に通さないだろうからな」

明墨の言葉に赤峰は強くうなずく。

「瀬古には相応の報いを受けさせる」

一同を見回し、覚悟を持って明墨は言った。

「弾劾裁判だ」

「！」

「弾劾裁判……って、裁判官を罷免させることができるっていう、あれですか？」

白木に青山がうなずいた。

「普段人を裁く側にいる裁判官が裁かれる側になる、ということですね」

「たしかにそれなら法的に瀬古を裁判官の座から引きずり下ろすことができます」と紫ノ宮も声を弾ませる。「しかも、罷免された裁判官はその後、一切の司法業務を行えません。弾劾裁判所による資格回復の裁判で許されないかぎり、検察や弁護士への転職も不可能になる」

「でも、今まで弾劾にかけられた裁判官ってほんの数人しかいないですよ。かなりハードルが高いんじゃ……」

不安を口にする赤峰に、明墨が言った。

「当然ながら証拠がすべて。それがこの司法という世界のルールだ」

「瀬古と加崎が不正につながっている証拠……」

「金と欲で成り立つ世界はもろい。ハリボテのように小さな風穴一つであっけなく崩れ去る」

その証拠をつかむための格好の機会がある。

明墨が皆に提示したのが、このパーティーだった。

会場は大勢の客でにぎわっていた。壁に沿って各種料理やアルコール類が用意され、島のようにいくつもセッティングされた小テーブルの周りで人々が歓談している。

ステージではオペラ歌手が朗々たる歌声を披露している。

客として潜入した白木は、これが政治家のパーティーというものなのかと面食らった。視線を二つほど離れたテーブルにいる瀬古へと戻す。法曹関係者らしき人と笑顔で話している。

司会者が舞台に上がり、挨拶を始めた。客たちの視線がステージに集まるなか、そっと瀬古に近づく人物がいた。加崎だ。

白木は小型カメラを仕込んだバッグをふたりへと向け、ゆっくりと歩み寄る。

加崎が瀬古の隣に立ち、「話というのは」とささやく。

「目障りな弁護士がいます。今、沢原麻希の弁護を担当していて、名前は」

「明墨……ですか」と加崎が言った。「上田から聞いています」

「富田議員を破滅に追いやったのもその男です。元週刊大洋の沢原と組んで、嗅ぎ回っているようで。少し警戒が必要かと」

「……」

人だかりの隙間からバッグを向け、白木はふたりの姿を撮り続ける。

話を終え、加崎は舞台のほうへと歩きだした。

「それではここで、本日のゲストである法務副大臣・加崎達也様より、皆様にご挨拶させていただきます。加崎副大臣、よろしくお願いいたします！」

司会者の声と客たちの拍手に迎えられ、加崎が壇上に立つ。

「皆様、本日はお忙しいなかお越しくださいまして、本当にありがとうございます。私、加崎達也は法務政務官として二期、副大臣として二期、国民の皆様のため、精一杯励んでまいりました。その信条といたしますのは――」

ロビーのソファに腰かけた紫ノ宮が、白木のカメラから転送される映像をスマホで見ている。近くに立つ赤峰に声をかける。

「始まったみたいですね」

「あ、はい」

赤峰は見ていたノートをしまい、紫ノ宮の正面に座った。

「……あの、瀬古には十二年前からすでに政治家の後ろ盾があったんでしょうか」

「いや」と紫ノ宮は首を横に振る。「当時の瀬古は千葉地裁の一判事。決してエリートコースにいたわけじゃない」

「だとしたら、瀬古も十二年前をきっかけに出世しはじめたんですかね。伊達原検事正や倉田刑事部長と同じように」

「……」

「……でも、どうして先生は今になって」

「？」

「前に明墨先生が過去に手がけた事件ファイルを見せてもらったんです。でも、十二年前との関連はなさそうな事件ばかりでした。もちろん、これまでも調べたりはしてたと思うんですけど。ここにきて急に動きはじめたのって……何か理由があるんでしょうか」

考えをめぐらせながら入口を見た紫ノ宮の目に、ある人物の姿が飛び込んできた。

「来た！」

赤峰も入口を振り向く。紫ノ宮はインカムに向かってささやいた。

「先生、現れました」

人混みにまぎれるようにパーティー会場に潜んでいた明墨が、装着した小型マイクに「ご苦労さま」と返す。

その目は瀬古の姿をとらえている。

「さぁ、始めようか」

※

壇上に視線を留め、加崎のスピーチを聞いている瀬古の背後に回り込んだ明墨が、耳もとでささやく。

「これは奇遇ですね。瀬古判事」

瀬古がビクッと振り返った。

「どういうつもり?」と明墨をにらみつける。

「何がでしょう」

「前にも言ったはずよ。弁護人から担当事件の裁判官への故意の接触はNG。不適切にもほどがあるんじゃない」

「不意の接触であれば不適切ではないですよね。私は未来の司法制度を憂う一法曹としてこのパーティーに参加しているだけですので」

そう言って明墨は招待状を見せる。もちろん、正式なものではなく偽造したものだが、デザインが同じなのでパッと見ではわからない。

「そちらこそいいんですか？　こんな見え見えの政治家の支援パーティーに、現職の裁判官が顔を出すなんて」

「昔お世話になった法務省の知人に挨拶がてら寄っただけよ。あなたに何か言われる筋合いはないわ。直ちに出ていきなさい」

「ここは法廷ではありません。あなたに退廷を命じる権限はありませんよ」

瀬古はムッと口を閉じた。

加崎のスピーチはそろそろ終わろうとしている。

「よりよい司法の未来を築いていくためには、皆様お一人おひとりのお力が必要です！　どうかこれからも、温かいご支援のほどよろしくお願い申し上げます！」

力強く締め、場内から一斉に拍手が湧き上がる。

涼しい顔で手を叩く明墨を瀬古が忌々しそうに見ていると、入口付近が騒然としはじめた。皆の視線が壇上から騒ぎのほうへと移っていく。

「困ります、お客様」

制服姿のスタッフを、「うるさい！」と引きはがし、ずんずんとこちらに向かって歩いてくる男の顔を見て、瀬古はうなった。

「なぜ……」

入ってきたのは富田誠司だった。

壇上を降りた加崎も騒ぎに気づき、秘書に訊ねる。

「逮捕された奴がなぜここにいる」

「先日、釈放されたようです」

「目障りだ。追い出せ」

「はい」

しかし、富田はすでに明墨と瀬古の前にたどり着いている。

「おっと」と明墨はわざとらしい笑みを瀬古に向け、言った。

「お互い気まずい相手ですね」

「あなた、なに言ってるの……」

富田にはふたりが仲よく談笑しているようにしか見えない。

「やはり、そういうことか……」

怪訝そうな顔になる瀬古に、富田が吐き捨てた。

「さんざん世話してやった恩をあだで返すとはな!」

「なんのことです?　おっしゃってる意味が……」

「しらばっくれるな!!」

三人に好奇の目が集まるなか、人垣をかき分け、加崎の秘書が歩み寄る。

「なんの騒ぎですか」

瀬古をかばうように明墨が、「表で話しましょう。さあ」と富田をうながす。が、すぐに瀬古が前に出た。

「あなたは結構よ。先生、行きましょ」

すかさず制服姿のスタッフが瀬古と富田を会場の外へと連れ出していく。人混みの向こうへと消えていくふたりを見送る明墨の顔には、うっすら笑みが浮かんでいる。


スタッフの案内で部屋に入ると、「どういうことですか」と瀬古が富田を問いただす。

「私が何をしたと……?」

「俺を陥れたのは、君だな」

富田は憤然と言い放った。

「⁉　一体なんの話ですか？」

「全部聞いてるよ。俺が邪魔になって、政界から追いやろうとしたんだろう。あの悪徳弁護士と結託して……正一郎もろとも罠に嵌めたか」

「まさか！　私が先生を陥れるなんて」

「君がここにいることがその答えだと思うが？」

「！」

動揺する瀬古を、富田は鼻で笑った。

「表向きは経済法務会のイベントだが、その実態は加崎の支援パーティーだ……せっせと顔を売りにきたんだろう。次期法務大臣に」

「それは誤解です！　先生を釈放させるのに私がどれほど尽力したかお忘れですか？」

「それも今となっては疑わしいな」

富田の態度に強い怒りを覚えるも、瀬古はどうにか冷静さを取り戻す。

「このパーティーには付き合いで仕方なく個人として来ただけです……本当は法務大臣にふさわしいのは富田先生、あなたしかいません。先生はここで終わるような人じゃない。そう信じてるから検察内部にまで手を回し、起訴を取り下げさせたんです」

「……」

「先生が復帰できるよう、できるかぎりのことはさせていただくつもりです。それに……」

意味深な目で富田を見つめ、言った。

「私があなたを裏切れるとお思いですか?」

富田は思案し、矛を収めた。

部屋を出るときには富田の怒りも鎮まっていた。

「誤解があったとはいえ、失礼を言って悪かった」

小さく首を横に振り、瀬古は言った。

「これからも、私には先生のお力が必要です」

「……わかった」

廊下の角に富田の姿が消えると、瀬古はうんざりしたようにため息をつく。

と、ドアの脇に控えていたスタッフに気づき、微笑んだ。

「部屋を用意してくれて助かったわ。どうもありがとう」

「お役に立てて何よりです」

ふたりをこの部屋に導いたのは、制服を着て従業員に変装した青山だったのだ。

去っていく瀬古を見送り、「さてと」と青山は仕込んでいたボイスレコーダーを回収すべく部屋に入っていく。


ホテルから事務所に戻った一同がテーブルの上のボイスレコーダーを囲み、録音された瀬古と富田の会話を聞いている。

会話が終わり、紫ノ宮が言った。

「やはり、予想通りでしたね。富田の釈放には瀬古が絡んでいた……」

「瀬古にとって富田とのつながりは今や汚点。にもかかわらず、切り捨てられないのには理由がある」

明墨の問いに赤峰が答える。

「富田にバラされるとまずいことがあるから……」

うなずき、明墨は言った。

「瀬古にとって、富田は地雷だ」

「でも、どうやって富田を騙したんですか？」

「嘘を信じ込ませるには、自分に最も忠実だと思う人間を使うのが一番だ」

富田を嵌めるために明墨がアプローチしたのは、留置所にいる秘書の小杉《こすぎ》だった。

接見室でアクリル板越しににらみつけてくる小杉に、明墨は言った。

「そう警戒しないでください。実は……あなたのことをお助けしたいと思いましてね」

不敵な笑みを浮かべ、続ける。

「だってそうでしょう……あなたは無罪なんですから」

「助けたい？……冗談でしょう。先生があんなことになったのは、全部あなたの――」

小杉の怒りをそらすように明墨は言葉をかぶせた。

「富田は釈放されたそうですね」

知る由もない小杉は、絶句した。

「さすが人脈のある方だ。ありとあらゆるコネを駆使したんでしょうね。不起訴が決まるのも時間の問題かもしれませんね。でも……あなたは？」

小杉の中に芽吹いた不安を、明墨がさらにふくらませる。

「なぜ富田は自分と一緒にあなたを釈放させなかったんでしょう？　理由はただ一つ。おわかりですよね？」

「……」

「政治家がよく使う『すべて秘書がひとりでやりました』という、あれです。富田はあなたにすべての罪を着せる気だ」

「！」

「私ならあなたを助けられます。ただほんのちょっと、主人に噛みついてもらえたらそれでいい」

小杉の忠誠心がぐらぐらと揺れる。

それでいいんだとでも言うように明墨は微笑んだ。

「柔よく剛を制す。しなやかにいきましょうよ」


「小杉を釈放させて、富田に明墨先生と瀬古がつながっていると嘘を吹き込ませたんですね」と赤峰が明墨に確認する。

「富田は逮捕以後、同じ派閥の議員たちからも手のひらを返され、疑心暗鬼に陥っていた。そういう人間は一番騙しやすい」

「でも」と紫ノ宮が不安を口にする。「瀬古の否定によって富田の誤解も解けています」

「問題ない。一度疑念を抱かせれば、あとは自滅するのを待つだけでいい」

ダムを決壊させるには、小さな穴を開ければいい。そこから漏れた水が勝手に穴を広げてくれる。

その頃、瀬古は民英党本部に戻った加崎を訪ねていた。

「大事なパーティーの場であのようなご迷惑をおかけしてしまうなんて」

遺憾な思いを最大限顔に出し、頭を下げる。

「迷惑をかけたのは富田です。判事も災難でしたね」と加崎は鷹揚な笑みを返す。

「ええ。まさか私に逆恨みするなんて」

「まったく、敵陣に乗り込むとは恥をさらすだけなのに。どこから入ったんでしょうね」

「ええ……」

瀬古は明墨の仕業に間違いないと確信していた。

富田が詰め寄ってきたときの、あの男の顔……。

※

翌日、明墨は事務所に小杉を呼び出した。会議室で一同に囲まれ、小杉が富田と瀬古の関係を暴露していく。

「富田と瀬古の間に賄賂の受け渡しがあったのは間違いありません。ですが、この件に関しては富田も用心してたんでしょう。一切我々秘書には関与させませんでした」

「証拠といえるようなものは何もない……ですか」

明墨に聞かれ、残念そうに「はい」とうなずく。

「でしたら小杉さん、この事件わかりますか？」と赤峰が松永の再審資料を見せる。

小杉の顔色が変わったのを見て、赤峰は畳みかける。

「半年前、松永理人さんが有罪判決を受けた事件です。彼の友人のひとりが、富田議員が金を配って証言を変えさせていたと認めています。あなたもご存知ですよね」

躊躇する小杉の背中を明墨が押す。

「本当のことをお話しください。大丈夫です」

「……富田の指示で、私が彼らに金を渡しました」

込み上げる怒りを抑え、赤峰は小杉に頼む。

「そのこと、証言してもらえませんか」

「しかし……」

「小杉さん。今、あなたを守れるのが誰なのか、よーく考えてみてください」

明墨にそう言われ、小杉は迷いを吹っ切った。

すでに自分は一歩を踏み出してしまったのだ。

「……わかりました。証言します」


事務所ビルを出た小杉は、あらためて明墨に念を押した。

「あの、本当に大丈夫なんですよね」

「すべて私にお任せいただければ問題ありません」

「……じゃあ」と去っていく小杉を見送り、明墨はビルの中へと戻っていく。

その姿を物陰からうかがう視線がある。若手検事の菊池大輝《きくちだいき》だ。その手にはカメラが握られている。


コンビニから出てきた松永を見て、赤峰は駆け寄った。

「松永さん！　再審請求、できそうです！」

「……本当ですか！」

「あの裁判での証言はすべて富田によって不正に真実をねじ曲げられていた。そう証言してくれる人が現れたんです」

感極まり、松永は言葉が出ない。

「今度こそ、必ず無罪を勝ち取ります」

感謝を込め、松永は赤峰に頭を下げた。

「……よろしくお願いします」

「……」


デスクに置かれた盗撮写真を見て、伊達原がつぶやく。

「秘書の釈放はやはり明墨の仕業か……」

写っているのは明墨と小杉。事務所ビルを出たところを菊池が撮影した写真だ。

「わかった。もういいよ」

目の前に立つ菊池を部屋から追い出し、伊達原はパソコン画面に向かって訊ねた。

「どうされますか？」

画面にはリモートでつながる瀬古が映っている。

「どうするも何も、ねえ」

意味深に微笑む瀬古に、伊達原が笑みを返す。

その夜、それぞれの担当業務に一段落がつくと、瀬古に対しての今後の方針を考えるための会議が始まった。

「小杉の証言だけでは瀬古判事を弾劾裁判にかけるにはまだ一歩足りません。沢原さんの公判前に何か手を打ちたいところですが……」

紫ノ宮が切り出すと白木は赤峰のほうを見た。

「とりあえず松永さんの再審進めちゃう？　瀬古にとってはそれもダメージだろうし」

「はい……」

明墨は何かを思案しているようで黙ったままだ。

と、オフィスの電話が鳴り、白木が受話器を取った。

「はい、明墨法律事務所です……小杉さん？」

明墨にうながされ、白木は電話をスピーカーにする。

「明墨です。どうされましたか」

『あの……先日お話しした証言のことなんですが』

言いづらそうな口調に一同に嫌な予感が走る。

『あの話、なかったことにしてください』

「！」

「……そんな」と赤峰は思わず声を漏らす。

『あのとき話したことは、すべて撤回します。それと弁護も必要なくなりましたので』

「どういうことですか！」と赤峰が食ってかかる。「約束が――」

『詳しいことはお話しできません。とにかくそういうことですので』

一方的に通話が切られ、一同は啞然としてしまう。


数日後、依頼された調査の結果を報告しに麻希が事務所を訪れた。

「やはり小杉は加崎陣営の秘書になったようです」

報告書に添えられた加崎や秘書たちと一緒に写った写真を一瞥し、「そうですか……」と明墨が返す。

「今、最も勢いのある加崎陣営に入れるとなれば、小杉としてもこれ以上のことはない。説得しても無駄でしょう」

明墨の思いを代弁するように青山が言った。

「でも、どうして急に……」と紫ノ宮がつぶやく。

「加崎側も普通、富田の秘書だった人、スカウトする？」

首をひねる白木に赤峰が言った。

「何か、こっちの動きが漏れたのかもしれない」

「！」

「瀬古が手を回した可能性も……くそっ！」

赤峰が悔しさに拳を握るいっぽう、明墨は冷静な顔を麻希へと向けた。

「沢原さん、あなたの手をお借りしたい」


常駐スタッフが去り、散らかり放題となった事務所でひとり、富田が電話をかけている。鳴り続けるだけの発信音に苛立ち、いったん切るもまたすぐにかけ直す。

「小杉さんは出ませんよ」

背後からかけられた声に驚き、富田が振り向くと、いつの間に入ってきたのか明墨が立っていた。

「何しに来た……！」

「あなたを助けに来ました」

「!?」

「そろそろおわかりでしょう。本当の敵が誰なのか」

そう言って、明墨は懐から二枚の写真を取り出した。一枚はパーティーで白木が撮影した瀬古と加崎が談笑している写真。もう一枚は麻希が撮影した加崎らと一緒にいる小杉の写真だ。

「瀬古と小杉……彼らは最初からあなたを嵌めるつもりだったんです」

富田が二枚の写真をにらみつける。

「あなたに見切りをつけ、加崎につくと決めていた。だから正一郎さんの裁判を利用したんです」

「正一郎を……」

「その証拠に、あなたを陥れたあの動画。誰が映っていたか覚えているでしょう?」

隠蔽工作の決定的証拠となったのは、小杉がパイプ製造業者に金を渡している様子を撮影した動画だった。

「小杉……!」

「そう。小杉さんは計画的にあの動画を撮った。結果、彼自身も逮捕されましたが、そのあとすべての罪をあなたに押しつけ、瀬古が無罪にする算段になっていたんです」

秘書ごときに自分がまんまと騙されたなど、富田は認めたくなかった。

「……だが、瀬古は私を」

「一度釈放させたのは油断させるためにすぎません。彼女は今、検察に手を回して、あなたの再逮捕に動いているようですよ」

明墨の言葉に富田は愕然となる。

「再逮捕……馬鹿な。お前がそんな情報、知れるわけがない」

「実は、依頼人に記者がいるんです」

開け放たれていたドアの外でタイミングを計っていた麻希が、事務所に入る。

「週刊大洋の元副編集長、沢原さんです。政界に強い記者でしてね」

麻希は取材ノートを富田に見せ、言った。

「取材元の情報によると、おそらく数日以内にご自宅に家宅捜索が入ると思われます」

「！　そんなはず……」と動揺する富田に、明墨が駄目を押す。

「あなたには数々の余罪があった。それを瀬古がもみ消してくれた——そう思っていましたか？」

「……」

「瀬古は検察のトップとつながっています」

「！……」

「ふたりがその気になれば、いつでもあなたへの逮捕令状を出すことができる。その弱みを握って、またもやあなたを陥れようとしているんです」

「なんのために……？」

「決まってるじゃないですか。加崎の地位を確実なものにするためですよ。あってはならないことですが、政治と司法のつながりはあなたもよくおわかりでしょう」

身に覚えがあるだけに、富田は明墨の話を否定できない。

「あなたはすべてを失い、彼らはのうのうと甘い汁を吸い続ける。息子さん、正一郎さんだって権力争いの犠牲者です。こんなこと、許していいんですか？」

老獪な悪魔のささやきのように、明墨の言葉は富田の感情を揺さぶっていく。

「今なら間に合います。やられる前にやるんです……たとえ刺し違えても」

「！……」

「そのための材料を、あなたは持っているんですから」

単純な怒りから、強い覚悟へと富田の目の色が変わっていく。

※

「人は過ちを犯す。だけど、その過ちを正すのもまた人です。あなたが自分の罪と向き合い、反省し、後者になることを望みます」

被告人に説諭する瀬古の姿を、傍聴席から緑川が見つめている。後列の隅には明墨がいるが、緑川も瀬古も気づいてはいない。

裁判を終え、法服姿のまま廊下に出てきた瀬古に緑川は声をかけた。ロビーへと並んで歩きながら、「今日の判決、聞かせていただきました。真剣に被告人と向き合っているのが、伝わってきて」と感服してみせる。

「そんな大層なもんじゃないわ」

「あの……先日、伊達原検事正と会われてましたよね？」

驚き、瀬古は緑川を見た。

「……側近のあなたにはすべて筒抜けなのね」

「どんな会話を？」

瀬古は真顔を向け、言った。

「あなたがどこまで知ってるか知らないけど、男女の会話を聞くっていうのは野暮ってものよ」

「！……すみません」

慌てて謝り、視線を外した緑川は、前方から歩いてくる明墨に気づき、足を止めた。

瀬古は緑川の視線を追い、ハッとなる。その顔がみるみる色を失っていく。

明墨は瀬古の前に立ち、「最後に、確認しにきたんです」と言った。

「最後?」

「すべてを話す気はありませんか?　ご自分の罪を」

ふたりの会話に、緑川は耳をそばだてる。

「バカバカしい」と吐き捨てて去ろうとする瀬古に、明墨が続ける。

「あの養護施設でのボランティア」

瀬古の足が止まった。

「子供たちはあなたを慕っている。正しくて、優しくて、それでいて温かい。尊敬できる裁判官だと」

「……」

「彼らの前で堂々と胸を張れますか?……人は過ちを犯す。だけど、その過ちを正すのもまた人――先ほどそうおっしゃってたじゃないですか」

「……まったく、何を言い出すかと思えば。私は裁判官です。罪を裁くことはあっても、罪を犯すことはない」

「そうですか……残念です」

去っていく瀬古を、なぜか哀しげに明墨が見送っている。

トイレの洗面台で瀬古が手を洗っている。石鹸で泡だらけにした手をゴシゴシと強くこする。水で流しても汚れはまるで落ちず、また石鹸で泡立てる。しかし、無駄なことだ。


一度汚した手は二度ともとのように綺麗にはならない。

自分が手を汚したことを私が覚えているかぎり……。

ふと鏡に目をやると、黒い法服を着たやつれきった老いた女が映っていた。

ぼんやりとその顔を見ながら、瀬古はつい数時間ほど前の出来事を思い出している。


「どういうことですか！」

直属の上司である高等裁判所長官からその命を聞いたとき、瀬古は反射的に叫んだ。

「長官……私が異動というのは……」

「裁判官訴追委員会の事務局から連絡があった。君に対する弾劾裁判の訴追請求が受理され、近く委員会が審理に入るそうだ」

「！」

「心当たりはあるか」

「全くなんのことか……一体誰がそんなものを」

「訴追請求者は……富田誠司」

富田が……どうして⁉

「代理人は明墨正樹」

「！」

「訴追請求内容は――」

すべてを察した瀬古は、「もう結構です」と長官を制し、力なく部屋から出ていった。

「弾劾裁判所。訴追委員会は国会議員で構成され、裁判員を行うのは国会議員の中から選ばれた十四名の議員たち……」

紫ノ宮からあらためて弾劾裁判についての説明を聞き、赤峰が口を開く。

「議員……じゃあ、加崎の手が及ぶかもしれないんですか？」

「これだけの証拠があるんです。委員会も訴追しないわけにはいかないでしょう」と青山が赤峰の危惧を一蹴する。

「そうですね……」

自席で瞠目する明墨を赤峰がうかがったとき、「あ！」と白木が声をあげた。

「もうネットに上がってますね」

ニュースサイトの配信映像には麻希に取材される富田の姿が映し出されている。

『私は瀬古判事に対し、賄賂を渡していた。合計で二千万以上になるだろう』

『それは何を見返りに？』

『息子の犯罪をもみ消すなど、ほかにもいろいろ便宜を図ってもらった。その代わり、いずれ私が内閣に入ったときには、瀬古を最高裁判事に押し上げる約束だった』

『金銭受け渡しの方法は？』

『すべて現金の手渡しだ。これと瀬古の金庫でも見比べてみるといい』

富田は裏帳簿らしきものをかかげてみせる。

『受け渡した日付、金額、すべてここに記録してある』

動画の再生を止め、白木は事務所の皆で共有しているその裏帳簿をめくる。

「すごい……金の受け渡し方法から金額、すべて洗いざらい……」

紫ノ宮はそれを見ながら言った。

「よくここまで捨て身になりましたね」

赤峰が明墨に訊ねる。

「先生は最初からこうするつもりで富田を追い込んだんですよね？　秘書が寝返ったの

も、計算だった」

明墨は目をつぶったまま、答えない。

代わりに青山が口を開いた。「実はこのところ事務所周辺をうろついている男がいまして」と事務所ビルの防犯カメラ映像をパソコンで再生させる。赤峰と同世代の男が周囲を警戒するような素振りで行き来する姿が幾度となく映り込む。

「菊池検事。伊達原検事正の部下です」

「⁉」

「伊達原検事正……」と紫ノ宮がつぶやく。

明墨がゆっくりと目を開けた。

「菊池の報告は、必ず伊達原を通して瀬古の耳にも入る」

合点がいったとばかりに赤峰が声を弾ませる。

「だから小杉さんを事務所に呼び出したんですね。先生と小杉がつながっていることをわざと相手に知らせるため」

「伊達原検事正と瀬古判事、ふたりは以前からつながりがあった……」

つぶやき、紫ノ宮が赤峰と見合う。

明墨がおもむろに語りはじめる。

「菊池の報告を聞いて、瀬古は焦ったはずだ。自分の弱みを知る人間がよりによって私の手の内にいるんだ。いつ秘密をバラされてもおかしくない。だから瀬古は加崎に泣きつき小杉を抱き込んだ。小杉はとっくに秘密をしゃべったあとだったわけだが」

「……それで富田は」

明墨は赤峰にうなずいた。

「孤立し、疑心暗鬼になるほど、人は弱さを露呈する」

「だから家宅捜索なんて真っ赤な嘘も信じた」

「すべては瀬古を落とすため……」

明墨の意のままに動き、瀬古や富田は勝手に自滅していったのだ……。

紫ノ宮と赤峰はふたたび顔を見合わせた。

瀬古は加崎に連絡を取ろうと何度も試みたが、電話は通じなかった。たぶん、自分は切られたのだろう。加崎はそういう男だ。

絶望する瀬古の手の中でスマホが鳴った。表示された『伊達原泰輔』という名前にかすかな希望の光が灯る。

人目を忍んで、瀬古は検察庁の伊達原の部屋を訪れた。

「やられたわ……あいつらに」

唇を噛む瀬古に、伊達原が冷静に返す。

「富田元議員がすべてを暴露し、訴追請求したとか。窮鼠《きゅうそ》猫を噛むというのはこういうことですね」

「あなたなら国会議員にも手を回せるわよね。あんな訴追請求、今すぐやめさせて！」

伊達原は理解しかねるとばかりに、不思議そうに瀬古を見つめた。

「……なに？」

「僕は今、大変ショックを受けてるんです。それはそれは公正な裁判官であるあなたが、地位と金に目がくらみ……自身の出世のために無実の人間を有罪にしていただなんて」

「……なに言ってるの……」

瀬古の視界が急速にせばまっていく。めまいを感じながら、叫んだ。

「あなたがこの道に引きずり込んだんじゃない！　私に政治家を紹介したのも……渡された賄賂を受け取るようにうながしたのも……」

「はて……？」

「ふざけないで！　こんなことで手に入れた地位なんか、私はこれっぽっちも望んでなかったのよ」

「望んでない？　おかしいですね。あなたは今の地位を死守するために、私の忠告を無視して自ら行動なさっていた。そうお見受けしますが」

「！……」

「あなたの腕を買っていたんですけどね。私にはもうなすすべがないようで」

「……そう。いいのね……裁判ですべて話してしまうかもしれないけど。十二年前のことも」

冷酷な顔を向け、伊達原は言った。

「今のあなたの言葉を信じる人は、どれくらいいるのでしょうか？」

「！……」

「寂しいですね」と伊達原が微笑む。「二度とあなたに法廷でお会いできないとは……」

あらためて自分を待ち受ける未来を突きつけられ、瀬古は愕然となる。

気がつくと法廷に足を踏み入れていた。誰もいない傍聴席から、もう二度と座ることのない裁判官席を呆然と見つめる。

「もうあそこに、あなたの席はありませんね」

驚き、振り向くと、斜め後ろの席に明墨がいた。

瀬古は明墨をにらみつける。

「よくもやってくれたわね……」

「お言葉ですが、私に非はありません。自業自得では？」

「私がこれまで積み上げてきたものを簡単にぶち壊して……」

「それはいい。積み上げたのは実績ではなく、汚職にまみれた札束でしょう」

「！」

悔しさを噛みしめるように、瀬古は言った。

「私には力が必要だった……誰にも有無を言わせないだけの圧倒的な力が」

「……」

「男のあなたにはわからないでしょうね……女というだけでどこまでいっても実力では見てもらえない悔しさも、自分より無能な男どもに下に見られる屈辱も……」

「……」

「議員や閣僚、裁判官の世界だってこの国は圧倒的に女性の割合が少ない。だったら私が上に立って、成果を挙げるしかないじゃない」

自分に言い聞かせるように瀬古は叫んだ。

「私にはその使命があるのよ！　この国を変えるためにも、私は必要なことをやったまで！」

「たしかに、おっしゃる通りかもしれません。今もこの国では多くの女性が誇りを踏みにじられ、屈辱を味わっている」

表情をゆるめた瀬古に突き刺すように、明墨は続けた。

「それは沢原麻希さんも同じです」

「！」

「彼女はひとりのジャーナリストとして、正しいことをしようとした。だが彼女を邪魔に思った男たちによって……無実にもかかわらず、犯罪者にされてしまった。その気持ちを誰よりもわかってあげられるはずのあなたが……助けるどころか、その男たちと同じように彼女を陥れようとした」

「……」

「ただ力が欲しかった……たしかに最初はほんの出来心だったのかもしれません。だが人は慣れる。ずぶずぶと暗い道に入り込み、その生ぬるい心地よさに浸るうち、感覚が麻痺していく……罪のない人間を有罪にしてもいいなんて、そんな狂った考えが生まれてしまうほどにね」

「……」

「あなたの誇りを踏みにじってきた男たちと、今のあなた……一体、どっちがマシなんでしょうね」

「！……」

明墨はふと、瀬古の襟もとに目をやった。そこに飾られた裁判官バッジは、三種の神器のひとつがかたどられている。

「八咫鏡《やたのかがみ》。はっきりと曇りなく、真実を映し出す鏡――あなたの良心は、私欲にまみれ曇ってしまった。そのバッジをつける資格は、もうありません」

思わず瀬古は襟のバッジに触れる。

「でも……十二年前はまだ、違ったんじゃありませんか」と明墨は問いかける。

「！」

「先日、あなたに最後の警告をしたのは……信じたかったのかもしれません」

明墨は哀しい目で言った。

「悲しい事件のその先にいる、苦しんでいる子供たちの力になりたい――あの言葉だけは真実だったんだと。そう言って、子供たちを見るあなたの目は曇っていなかったのだと」

「！……」

「私の思い違いだったようで……残念です」

明墨は去り、瀬古は暗い法廷にひとり取り残される。

愚かな自分に今、裁きが下ったのだ。

※

富田が汚職を認めたことで世論は大きく動いた。それによって瀬古に関しては異例の速さで弾劾裁判所への訴追の決定がなされ、延期となっていた麻希の控訴審も開かれ、無罪が確定した。

そして……。

パソコンに届いたメールを開き、赤峰は一瞬言葉を失った。隣で固まっている赤峰に、紫ノ宮が怪訝そうな顔を向ける。

赤峰が振り向き、言った。

「……松永さんの再審請求が通りました」

「よかったですね」と紫ノ宮が微笑む。

「……はい」

感極まり、赤峰の瞳がうるんでいく。

喜びを分かち合ったあと、紫ノ宮はふと明墨の執務室へと目をやった。

何かのファイルを深刻な顔で見つめている。

その表情は、まだ何も終わっていないと語っているようだった。


そして、松永の再審の日がやって来た。

No.7と記されたノートを手に、赤峰は松永とともに高等裁判所の法廷へと向かう。

裁判が始まるや、赤峰は富田や小杉、友人の証言など松永の潔白を示す証拠を次々と提示していく。第一審を担当した裁判長が弾劾裁判にかけられるという異常事態のなか、検察側にそれに対抗するすべはなく、裁判の趨勢《すうせい》は早くも決したようだ。

最後に赤峰は法廷の皆に訴える。

「松永さんは被害者です」

無念の思いを彼に代わり、熱を持って切々と。

「警察、検察によるずさんな捜査だけではなく、弁護人による怠慢、責任放棄、また裁判官による不正取引など、多くの人間が松永さんを有罪に導いた。松永さんは彼らによって、深く深く尊厳を傷つけられたんです」

赤峰の言葉を被告席で聞きながら、松永は心を震わせる。

「証拠は物語っています。しかし、いま一度、法に携わる人間の倫理観を見直すときではないでしょうか」

赤峰は検察官から裁判官へと順番に視線を移し、そして自らの胸に手を当てた。

「松永さんの人生から光を奪ったのは、我々です」

法廷の全員が、赤峰の弁舌に引き込まれている。

「当然の権利として、松永さんが堂々と胸を張って歩いていけるように、その義務を負っているのも我々なんです。松永さんのために、そしてこれから先、松永さんと同じような苦しみを味わう人をつくらないために、責任と覚悟を持って、私はこの判決を覆すつもりです」

しんと静まり返る法廷のなか、赤峰の声が響く。

「被告人は無罪……以上です」

瞼を閉じた松永の目から一筋の涙が流れ落ちる。

思いをすべて語り終え、赤峰は傍聴席へと目をやった。明墨がじっと自分を見つめている。強い思いを感じるが、そこに何が込められているのかはわからない。

その視線を赤峰は真っすぐ受け止めた。

明墨はそっと席を立ち、法廷から去っていく。

後日、判決が下り、松永は無罪を勝ち取った。

喜びを分かち合い、一緒に裁判所を出た赤峰はふと足を止めた。

「松永さん……」

真っすぐに松永を見つめ、深々と頭を下げる。

「本当にすみませんでした」

「……」

「僕にもっと力があれば……こんなに……こんなに時間がかかってしまって……本当に」

そこまで話し、感極まったように絶句する赤峰に、松永は何度も首を横に振る。

「ずっと……人生終わったって……誰も信用できないって、あきらめてたんですけど」

「……」

「誰かを信じていいんだって思えました……先生に会えてよかった……」

松永は赤峰に微笑み、言った。

「本当にありがとうございました」

こぼれそうになる涙を懸命に抑え、赤峰は笑みをつくった。

※

晴れて無罪となった麻希は、新聞記者として新たなジャーナリスト人生を歩みはじめることになった。わざわざ挨拶に訪れた麻希を明墨は執務室に迎えた。

「そうですか。東京中央の記者に」と受け取った名刺を見ながら、微笑む。

「はい。先生のおかげです」

「あの無罪は、沢原さんの助けなしには勝ち取れませんでした」

「今回のことで日本の司法の問題を身をもって知りましたから」と麻希は笑みを返した。

「同じように冤罪で苦しんでいる人たちのためにも、私なりに切り込んでいきたいと思っています」

「そうですか……」

少し考え、明墨は言った。

「では、耳寄りな情報を一つ」

「？」

養護施設の共用スペース。子供たちが散らかした本や雑誌を紗耶が片づけている。テーブルに置きっぱなしの新聞を棚に戻そうとして、手が止まった。

『志水死刑囚に冤罪疑惑』という見出しが目に飛び込んできたのだ。

「！……」

沢原麻希という記者の署名記事だった。読もうと新聞を手に取ったとき、テレビのニュースがそれを報じはじめた。

『――収賄が明らかになった瀬古元判事は、十二年前に起こった糸井一家殺人事件で死刑判決を言い渡していました。しかし、その志水死刑囚は、裁判の最後まで無罪を主張していたといいます。今、この事件の判決が誤りだったのではないかという疑念の声があがっています』

「……」

そこに施設長の神原がやって来た。真っ青な顔で紗耶がテレビを凝視している。流れているニュースに気づき、神原は慌ててチャンネルを変えた。

紗耶は口もとを手で押さえ、その場を立ち去った。

「紗耶ちゃん！」

同じニュースを事務所で赤峰が見ている。そこに紫ノ宮が入ってきた。画面に目をやり、つぶやく。「ついに動きだした」

紫ノ宮が手にしている東京中央新聞を見て、赤峰が言った。

「先生が沢原さんにお願いしたんですね。マスコミを使って、志水さんも再審に持っていこうとしている」

考え込む表情で、紫ノ宮がその先を続ける。

「正一郎の事件から今までの事件が、すべてこの志水さんの冤罪につながってる……だけど、一つだけ」

わからない事件がある。

「緋山、ですね」

紫ノ宮は赤峰にうなずいた。

「なぜ先生が緋山さんを無罪にしたのか……」

「今もふたりは密かに動いているんです。絶対に何かある」と赤峰は何かを決意した表情になり、「僕に任せてもらえませんか？」と言った。

「？」

その頃、明墨は東京拘置所の接見室で志水と向き合っていた。志水は自分の冤罪疑惑を報じる東京中央新聞を台の上に置き、訊ねる。

「……この記事、あなたですよね」

「はい」

「再審はしないと伝えたはずです。こんなことをされては困ります」

静かだが、強い意志のこもった言葉だった。

「なぜですか」

「私はここで誰にも迷惑をかけず、静かに死ぬと決めたんです」

「娘さんのために、ですか」

「！」

「最後にお会いになったのは、事件前……紗耶さんが五歳のときですよね」

「……やめてください」と志水は声を震わせる。

「今、彼女は十七歳になりました。とても優しくて、賢い子です」

「やめてくれ！　そんな話……私には聞く資格がない」

バン！

アクリル板が強く叩かれ、志水は顔を上げた。

目の前に一枚の写真が貼りつけられている。

セーラー服姿の少女が大きな犬と一緒に笑顔で写っている。

「‼」

紗耶……。

視線を引きはがそうとしても無理だった。

「しまってください……早く！」と志水は悲鳴のような声をあげた。

「見てあげてください。成長したあなたの娘さんです」

「やめろ‼」

志水は頭を抱え、顔を伏せた。

「見たら抑えきれなくなるからですか。会いたい気持ちを」

「！……」

「紗耶さんが今、どんな女性になっているか。どんな表情で、誰とどんなふうに生きているのか……この十二年間、ずっと思い描いてきたのではないですか？　何度も何度も」

「……」

「知りたくないはずがない。会いたくないはずがない。本当は今すぐにでも会って、抱きしめたいはずです。あなたは父親なんだから‼」

解放の呪文のような明墨の言葉に、志水の感情があふれていく。

「その気持ちはきっと……紗耶さんも同じです」

「違う！」

甘い誘惑を断ち切るように、志水は叫んだ。

「死刑囚の父親なんか……会いたいわけがない……！　私は、罪を犯したんです……とても、大きな罪を……もう来ないでくれ」

席を立ち、背を向ける志水に明墨は言った。

「明日あなたは死ぬかもしれません」

「！……」

「刑が執行されたら、二度と紗耶さんはあなたに会えない。触れることも、声を聞くことも。でも、それだけじゃない。あなたの無実を知ることもなく、殺人犯の娘として生きていかなくてはならないんです。この先、何十年という人生を……」

「それはもしかしたら……死刑を迎えるあなた以上に酷なことかもしれない」

明墨の言葉の一つひとつが楔《くさび》のように志水の心に打ち込まれていく。

「彼女を守れるのは、あなただけなんです。勝手を言ってるのはわかっています。でも、どうか……考えてみてもらえませんか」

「……」

「私があなたを……必ず無罪にしますから」

背を向けたまま、志水は明墨の言葉を噛みしめる。

しかし、その背中が振り返ることはなかった。

刑務官が開けた扉の向こうへと志水は去っていく。

黙って見つめる明墨の前で、扉は閉められた。

※

事務所でひとり仕事をしていた紫ノ宮が、借りていた資料を返そうと明墨の執務室へと向かう。

資料を棚に戻し、ふとデスクを見ると見慣れないファイルが置かれている。紙は若干黄ばみ、よれている。かなり古いファイルだ。

興味を引かれ、手に取った。開くといきなり『明墨君へ』という手書き文字が目に飛び込んできた。

手紙……？

「何をしてるんですか？」

「‼」

背後からの声に驚き、紫ノ宮はファイルを落としてしまった。はさんであった書類が床に散らばる。

振り返ると、青山が複雑な表情で散らばった書類を見下ろしていた。

紗耶の暮らす養護施設の門の外、明墨が佇んでいる。明かりのついた建物をうかがいつつも、その足はなかなか前に進まない。

そのとき、懐でスマホが震えた。表示されている『緋山』の名前を見て、すぐに出る。

「何か進展が？」

「はい。近いうちに少し時間をいただけませんか。江越の居場所がつかめました」

待ちに待った知らせにたかぶりそうになる気持ちを静め、明墨は言った。

「……では、明日にでも事務所で。時間は追って連絡します」

電話を切った明墨は覚悟を決めた。

やはり、今がその時なのだ。


緊張した面持ちで養護施設へと入っていく。部屋に入ると、紗耶はベッドに横になっていた。顔を壁に向けている紗耶のそばに座り、明墨は訊ねた。

「具合は？」

紗耶は背を向けたまま反応しない。

「あのニュースを見たんだろう」

「……」

「今日は……君に謝りにきた」

紗耶の背中がかすかに揺れる。

「……こうなったのは……全部私のせいなんだ」

「!?」

「すべて話す……十二年前、何があったのか」

紗耶はゆっくりと起き上がり、不安そうに明墨を見つめた。

緋山がスマホをしまいアパートの部屋に入ろうとしたとき、背後から声をかけられた。

「エゴシって誰ですか」

びくっと振り返ると、赤峰が立っていた。

「志水さんの事件に関係していますよね」

「……」

「その人を捜していたんですよね？　無罪にしてもらった見返りに」

「……俺は」

「すべて話してください」

赤峰は鞄の中から何かを取り出し、緋山に突きつける。

それは廃棄物処理場に捨てたはずの、血に染まったジャンパーだった。

「!!」

「もう逃げられませんよ」

赤峰はまるで明墨のように不敵な笑みを浮かべていた――。

8

「どうして……」

このジャンパーはたしかに捨てたはずだ。なぜ、それが彼の手に……。自分が立ち去ったあと、処理場内の緊急停止ボタンを押し、ゴミ山に入ってボロボロになったジャンパーを拾い上げていたとは思ってもみなかった。

赤峰はジャンパーに付着した血痕を指さし、言った。

「これは、あなたが羽木《はねぎ》さんを殺害したという十分な証拠になります」

「……」

「確かめたかったんです」

困惑する緋山の目を真っすぐ見つめ、赤峰は続ける。

「先生がどうしてあなたを無罪にしたのか」

「！」

「あなたも十二年前の糸井一家殺人事件と関係がある……殺人を無罪にしてもらうことと引き換えに、先生に従って動いている――そうですよね？」

「……」

「答えてください」

観念し、緋山は自室のドアを開けた。

「……どうぞ」

明墨は紗耶に積年の思いを切り出してから、次の言葉を出せずにいた。

部屋の壁に目をやると、たくさんの写真が飾られている。その中には保護犬施設の仲間たちと一緒に写る桃瀬礼子《ももせれいこ》の姿もあった。

「どういうこと……？　謝りに来たって」

ベッドから身を起こし、紗耶が訊ねる。

「……」

「先生……？」

紗耶に真実を告げるということは、今まで隠してきた自分の罪をさらけ出すということでもある。それが明墨の口を重くする。

しかし、言わなければ前に進めない。

自分も……そして、紗耶も……。

明墨は ゆっくりと口を開いた。

「君のお父さんは」

「……」

「志水裕策《しみずゆうさく》さんは……無実だ」

「！」

「……紗耶にとっては、つらいことばかりだと思う。私を憎んでも構わない。だが……最後まで聞いてほしい」

強い眼差しをぶつけてくる紗耶に、明墨は言った。

「私が……お父さんを……必ず無罪にする」

ベッドにローテーブル、棚……必要最低限の家具があるだけの質素な部屋に、緋山に続いて赤峰が入る。

棚の上には母親の遺影と骨箱。その脇には壊れた腕時計も置かれている。

「俺が、社長を殺しました……」

あっさりと緋山が認め、赤峰は驚く。

テーブルの前に腰を下ろした緋山が赤峰を座るようにうながす。赤峰は緋山の正面に座った。

「一年前、田舎の母が死にました」

そう言って、緋山は遺影のほうに目をやった。

「中学んときに父親が死んで、それからは女手一つで俺を育ててくれた。なのに、俺はずっと迷惑かけっぱなしで」

「……」

「最後ですら、そばにいてあげられなかった……」

母が危篤だという知らせを受け、田舎に帰らせてほしいと社長の羽木に頼んだ。忙しい時期ではあったが、自分ひとりが抜けてもなんとかなる状況ではあった。

だが、羽木は言った。

「あー、そう。帰れば？　その代わりクビね。仕事放り出していくような無責任な奴、ウチいらないから」と。

「今思うと、あんなの無視して行けばよかった……けど……せっかく見つけた正社員の仕事、クビになったらって怖くて」

その日の仕事を終えるやすぐに緋山は故郷の病院へと向かった。しかし、死に目には会えなかった。

「面と向かって言ったことなかったんすよ。『ありがとう』とか『ごめんね』とか……死んでから言っても、遅いっすよね」

強い後悔をにじませながら、緋山がつぶやく。

「俺は、母さんよりも自分の将来のために仕事を取った。今さら辞めたら、なんであのとき行かなかったんだってなるじゃないですか。だから、どんなにひどい扱いされても歯を食いしばって働いてきた。だけどもう限界だった……」

「……」

「あの日……社長が言ったんすよ……」

緋山は事件の真相を語りはじめる。


嫌がらせのような過酷なノルマに、緋山はついに抗った。羽木は蔑むような視線を緋山へと向ける。

「へー、口答えするんだー？　世間のなんの役にも立てない奴をこっちは善意で雇ってやってんだよ」

思わずにらむ緋山を見て、羽木は続けた。

「あー、嫌だ嫌だ。育ちの問題？　母親の教育が悪かったんかな？　ねえ今度会わせてよ。あー、ごめん、死んだんだっけ」

「！……」

「助かったよ、死んでくれて。これでもうずっと働けるもんな？」

その瞬間、緋山の中で何かが切れた。

背を向け、去っていこうとする羽木の腕を思わずつかむ。

「撤回してください」

「は？」

「母の死を侮辱するようなことは……撤回してください！」

「離せよ！」

腕を振り払おうとした羽木と揉み合う形になり、作業台に置いてあった腕時計が床に落ちた。ちょうどそこに羽木が下ろした足が。

「うわ！　なんだこれ。片づけとけよ。作業の邪魔だ」

そう言い捨て、緋山の腕を振りほどき羽木は工場から出ていく。

慌てて時計を拾ったが、盤面が割れ、針は止まっていた――。

遺影の横に置かれた壊れた腕時計を手に取り、緋山は赤峰に言った。

「大学卒業したあと、就職祝いにってパートで貯めた金で買ってくれたんです。体、弱いのにずっと働いて……無理して俺を大学に行かせてくれた。そのほうが絶対将来いい仕事に就けるって……」

「……」

「だから就活失敗したなんて言えなくて……仕事決まったって嘘ついたら、母さんすげー喜んで、こんないいヤツ……でも」

「……」

「その想いをぶち壊された……」

緋山は腕時計を強く握りしめる。

「許せなくて……気がついたら無我夢中で……」

羽木の頭にハンマーを振り下ろしていた――。

「正直、もう人生どうでもいいやって思ってました」

すぐに逮捕され、拘置所暮らしとなったが、むしろそれ以前の暮らしのほうが監獄にいるようだったから、どこか解放されたような気持ちだった。

「守りたいと思える人も、もういないし。人を殺したんです。まともには戻れない。ここで死んでもいい。そう思ってたんすけど……」

そこに現れたのが弁護士の明墨だった。

アクリル板越しにやつれた緋山の顔を見るなり、明墨は言った。

「ちゃんと、食べてますか？」

母親以外に初めて自分のことを気遣われ、返答に困っていると、明墨は続けた。

「緋山啓太さん。あなたをずっと探していました」

「？」

「十二年前のこと、覚えていますか？　こう言ったほうがいいですかね。スピルドアから依頼を受けていた頃のことなんですけど」

記憶に蓋をしてしまい込んでいた暗い過去が、ふいによみがえる。

「私はある動画を探しています。それがどこにあるのか、あなたが知っているのではないかと思い、ここに来ました」

動揺を隠し、緋山は訊ねた。

「……なんのことですか」

「十二年前、あなたは千葉県千葉市花見川区に住んでいましたよね？　その近くにある菱見公園で女性を盗撮した動画が闇サイトにあがっていたそうなんです」

身に覚えがあり、緋山の顔がこわばる。

その目を覗き込むように見つめ、明墨は訊ねた。

「ご存知ないですかね？」

この話が糸井一家殺人事件とどうつながるのか。急いた気持ちを抑えつつ、赤峰が訊ねる。

「闇サイト……？」

「就職したって嘘をついた手前、母さんにこれ以上金の心配をさせたくなかった。でも就活しながらバイトするってすげえ大変で……そんなとき、紹介してもらったんです。『江越』という男を」

「江越……」

江越はある闇サイトの運営管理者だった。

掲示板には、詐欺の受け子募集、盗撮用カメラの設置依頼、違法薬物の売買情報、死体の処理、嫌がらせから殺人まで雑多な依頼があふれていた。

「江越のバックにはヤバい奴もいるって聞いてたんすけど……バカでした。でも、あの頃はとにかく金が必要で……」

「……」

「そのなかに盗撮の仕事があって。金払いもよかったんで、つい……そのとき、近所の公園で撮った動画に映っていたのが……」

「志水裕策さん――」

　緋山は面会に訪れた明墨からそのことを知らされた。

「あなたが公園で偶然撮影した人物は、糸井一家殺人事件で有罪となった死刑囚です」

「！」

「動画が撮影されたのは二〇一二年三月四日午後7時30分頃……糸井一家殺人事件が起きたのと同時刻」

「え……」

「志水さんは糸井家で人を殺していたはずの時間に……本当は全く別の場所にいたことになる。その動画は志水さんの無実を証明するための重要な証拠になるんです」

「！……」

赤峰は緋山の話を整理する。

要するに、志水さんのアリバイを証明する動画を撮影したのが緋山で、先生はその動画を入手するために彼を拘置所から出す必要があった……⁉

※

その頃、事務所では固まる紫ノ宮と複雑な表情の青山が向き合っていた。

明墨のファイルを勝手に見ていたのを知られ、動揺する紫ノ宮に青山が微笑む。

「驚かせてしまいましたね」

「……すぐ片づけます」

床に散らばった書類を拾いながら、紫ノ宮はその内容をさりげなくチェックする。なんらかの闇サイトや違法な動画に関する情報のなか、紗耶が通う保護犬施設についての資料もあり、やはり糸井一家殺人事件に関する資料だと知れる。

一緒になって書類を集めていた青山が、ふいに言った。

「そのファイルには十二年前のことが書かれています」

「⁉」

「先生のかつての同僚、桃瀬礼子さんという方が遺したものです」

「……ももせ？」

「そこにあるということは、見られても構わないという意味でしょう」

集めた書類を渡し、青山は紫ノ宮に訊ねた。

「知りたいんですよね？　志水裕策さんのこと」

「！」

「聞かれたらもう答えていいと言われています。この事件のことを、先生の口から話させるのは酷ですから……」

青山から渡されたファイルの最初の数ページに紫ノ宮は目を通した。事件についての情報が簡潔に、過不足なくまとまっている。新聞記事なんかよりもよほどわかりやすく事件の詳細が頭に入ってくる。きっと検事としての能力も高かったのだろう。

「全部、糸井一家殺人事件をまとめたものですか？」

青山はうなずき、言った。

「桃瀬さんが最初に気づいたんです。志水さんは冤罪じゃないかと」

「！……」

「亡くなったのは、糸井誠《まこと》さん、妻の恵理子《えりこ》さん、娘の菜津《なつ》さんの三人。死因は三人とも硫酸タリウムによる中毒死です。犯人は糸井家の食事に招かれた際、飲食物に硫酸タリウムを混入し、殺害したとされています。そこまではご存知ですね」

「はい」と紫ノ宮が青山にうなずきながら続ける。「自宅にも自然に出入りしていたことから、犯人は被害者三人と面識がある人間だとして、糸井誠の勤務先である西千葉建設の同僚、志水裕策さんが被疑者として浮かんだ……」

「決定的な証拠は出ませんでした。でも、志水さんには殺害に至るだけの大きな動機があった」

「横領、ですよね？」

「はい。西千葉建設の工事の受注には、大手ゼネコンとの裏金づくりが噂されていました。千葉地検は志水さんと糸井さんの関与を疑っていましたが、決定的な証拠は手に入れられなかった……そんな矢先に糸井さんが何者かに殺害されたんです」

「それで疑いの目が志水さんに向いた……」

「横領と殺人、大きなヤマが二つ。当時の千葉県警の指揮官が倉田さんです」

父がどのようにこの事件に携わっていたかと紫ノ宮は思いを馳せる。真面目な父のことだ、粉骨砕身で臨んでいたはずだ。

実際、十二年前の当時、紫ノ宮は家で父の姿を見た記憶がほとんどない。それほど事件解決のため、捜査にのめり込んでいたのだ。

それがどこかで狂った……。

「県警は糸井さんの自宅から志水さんとともに横領に関与していた証拠を発見。検察は送致された志水さんの取り調べを開始しました。それを任されたのが……当時、さいたま地検から応援で呼ばれてきた明墨先生です……」

「私は志水さんの事情聴取を任された」

当時を思い出しながら、明墨は紗耶に語っていく。

「志水さんはずっと殺人を否定していた……事件が起きた時間は、娘に頼まれてウサギのぬいぐるみを探しに公園に行っていたと」

「！……」

「でも、あのときの私は……検察の正義を妄信し、彼が犯人だと疑わなかった」

明墨は紗耶の瞳をじっと見つめ、静かに言った。

「私がお父さんに自白をさせたんだ」

「……」

父と明墨の間に何があったのかを、紗耶は徐々に理解しはじめる。

先生が私に優しくしてくれるのは、贖罪だったのか……。


十二年前――。

長期に及ぶ拘束と執拗な取り調べが行われていた。憔悴しきった志水を、明墨がさらに追い詰めていく。

「……私はやってない……菱見公園でぬいぐるみを探してたんです……」

「ぬいぐるみ。何十回と聞いたよ、その話は」

「……信じてください……本当に探してたんです」

「探してたんじゃなく、殺してたんだろう？　被害者とは横領のことで揉めてた。自分でそう認めたじゃないか」

「違う……私は……！」

「少なくとも奥さんはあなたがやったと思ってる」

明墨は一枚の写真をデスクに置いた。それを見た志水の目が愕然と見開かれる。大きな荷物を持ち、娘の紗耶の手を引きながら自宅を出ていく妻の姿が写っていた。

「記者からもらった写真だよ。娘を連れて家を出たそうだ。離婚の準備も進めているらしい」

「！」

「五歳の子を抱えて、毎日マスコミに追い回されて……かわいそうに娘さん、トラウマにならないといいが」

「……紗耶……」

蒼ざめる志水に明墨がささやく。

「一体、誰のせいだろうな？　これ以上家族を苦しめ続けるのか？」

「……」

離婚届にサインしたときに折れかけた志水の心は、ほどなくして届けられた訃報によってさらに大きなひびが入った。

そこに明墨が容赦なく楔を打ち込んでいく。

「聞いたよ、奥さんのこと。交通事故だってな。……娘さんは児童養護施設に保護されたそうだ」

志水の頬を涙が濡らす。

「引っ越しして、離婚もして、仕事も見つけて……これからってときに。本当なら、もっと違う人生もあったろうに……」

むせび泣く志水を見ながら、明墨は冷静に次の一手を考えている。

だが、翌日、取調室に現れた志水は完全に壊れていた。

眠れない夜を過ごしたのだろう。目の下に大きな隈がある。焦点の定まらぬ目で周囲を見回し、何事かブツブツとつぶやいている。

そんな志水に、明墨が優しく声をかける。

「もういいんだよ、志水さん。あなたはもう楽になっていい」

志水は口の中で同じ言葉をつぶやいている。

聞き取ろうと、明墨は耳を澄ました。

「……私が……悪いんです……私が……」

「！」

明墨はぐっと身を寄せた。

「もう一度、はっきり言ってもらえますか。誰が糸井さんを殺したんです？」

「……私が……やりました……」

「……」

志水の自白から死刑判決まではあっという間だった。罪を認めてからの志水は魂の消えた木偶《でく》のような状態で、弁護側も抗弁のしようがなかった。

「主文、被告人を……死刑に処する」

裁判長を務めた瀬古が下した判決を、明墨は傍聴席で当然のように聞いていた――。


「お父さんを死刑に追い込んだのは……私だ」

過去の己の過ちを心から悔いる明墨の告白に、紗耶の目がうるんでいく。

「……申し訳なかった」

こらえきれず、涙がこぼれた。

「自分の罪に気づいたのは、裁判が終わって六年が経った頃だった。教えてくれたのは、君もよく知ってる人だ」

そう言って、明墨はコルクボードに貼られた写真に目をやった。紗耶の隣では桃瀬礼子が微笑んでいる。

「桃瀬から、紗耶がこの養護施設にいると聞いた……」

「……」

「あの日、君とココアに出会って……私はこんな幼い子から、大切な父親を奪ったんだと……」

絶句する明墨を、紗耶が濡れた瞳で見つめる。

「桃瀬さんは志水さんの冤罪の可能性に気づき、調査を続けていました。ですが、病気が見つかって……志半ばで」

青山の言葉に紫ノ宮はハッとした。

保護犬施設で見た写真、紗耶の隣で微笑んでいた女性のことを施設長の仁科《にしな》はずいぶん前に亡くなったと言っていた。

あの女性が桃瀬さんだったんだ……。

青山が説明を続ける。

「桃瀬さんが先生に託したそのファイルには、こう書かれています。当時、盗撮を取り締まっていた警察官が志水さんのアリバイを証明する動画を見つけていた――と」

「それを隠蔽したのが……父なんですね」

「お父様と伊達原さんです」

「！」

だから、伊達原は留置所の父のもとを訪れた。

何も話すなと釘を刺すために……。

紫ノ宮が青山に訊ねる。

「……伊達原検事正が志水さんの事件の指揮をとっていたと聞きました」

「そうですね。当時、千葉地検の実質トップは伊達原さんでしたから。明墨先生に応援を頼んだのも、彼です」

「！……」

「先生は桃瀬さんの遺志を引き継ぎ、動画のことを調べようとした。ですが、継続中の案件があるにもかかわらず、突然地方への異動を命じられました……検事正が手を回したんでしょう」

「内部で調べられないように異例の人事異動が行われた。だから先生は検察を辞めて、弁護士に……」

青山はうなずいた。

「あのまま検察にいても証拠はつかめないと判断したそうです。私もこの話を伺い、先生に協力することを決めました」

「どうして伊達原検事正は、志水さんを有罪に？」

「詳しいことは本人にしかわかりません。ですが、動画の存在は志水さんを起訴したあとに出てきたそうです」

「……起訴したら九十九・九％有罪……大量の証拠資料にもとづき詳細に事実認定を行う日本の刑事司法において、有罪を覆すことは許されない。起訴後に無罪だとわかれば、検察官としての権威を失う」

推測を口にし、紫ノ宮は青山へと目をやり、ふたたび訊ねた。

「先生は今、その動画を探してるんですね」

「はい。動画は以前、ネット上の闇サイトに載っていたそうです。先生はそのサイトの存在を知っている人間を片っ端から調べました。そこで、動画の撮影者は『ケイ』という名前で登録されていたことがわかり、報酬の振り込みが行われた口座にたどり着いて、ようやくその人物に接触することができました……それが」

青山は馴染みのある名前を口にした。

拘置所の接見室で明墨に追及された緋山は、あっさり答えた。

「ケイは俺です……たしかに俺が撮りました」

アクリル板越しに明墨の表情が変わるのがわかる。

「盗撮をしたのは数回だけで、あの公園で撮ったのも覚えています」

追い続けてきた動画の手がかりをようやく見つけ、明墨は言葉が出てこない。しかし、その喜びに水を差すように緋山は続けた。

「でも、力になれません」

「！」

「撮った動画は江越に送ったら終わり。もう持ってない」

「江越とは？　管理者の名前ですか？」

「はい。でも会ったのは最初の一度だけ……やめてからは連絡を取ってないし、顔もよく覚えてないんです」

「では、その江越を捜してくれませんか」

「はあ？」

緋山はあきれた。

「無理ですよ。俺は捕まってるんですよ」

ふいに明墨はまた表情を変えた。

心の深淵を覗き込むように、緋山の目をじっと見つめる。

「わかりました。ここから先、よーく考えてからお答えください」

瞳にとらえられ、緋山は目をそらせない。

「緋山さん……人、殺したんですか？」

「！……」

「もう一度お聞きします。あなたは人を殺しましたか？」

滔々《とうとう》と『殺人』の意味について語ったあと、明墨は言った。

「私があなたを無罪にして差し上げます」と——。


事件の真相と、明墨が緋山を無罪にした理由を聞き終え、赤峰は訊ねた。

「……約束通り無罪にしてもらったから、今は先生の言うことを？」

「違う。俺は無罪にしてもらったから協力してるんじゃない」

赤峰を真っすぐ見つめ、緋山は言った。

「動画を見つけたら、自首するつもりです」

「!!」

「人の命を奪ってしまったことは、償っても償いきれません……だけど、俺が動かなければ、志水さんはいつ死ぬかわからない」

「！……」

「こんな俺でもまだ人を助けることができるなら……なんでもしたい……」

これが彼なりの贖罪……。

緋山の真意を知り、赤峰はその思いを受け止めるかのように小さくうなずいた。

※

執務室、デスクについた明墨の前に赤峰と紫ノ宮が立っている。

「緋山がきっかけだったんですね」

「志水さんの再審の手がかりを見つけたから、先生は動きだした。事件に関係する人間、瀬古判事や……父の不正を暴いたのは……」

言葉に詰まる紫ノ宮に代わり、赤峰が言った。

「志水さんの冤罪に加担したことを証言させるためだったんですね」

「……」

黙したままの明墨の目をふたりは真っすぐ見つめる。

「僕も協力します。先生の目指すところが、志水さんの冤罪を晴らすことであるなら」

「私も……全力を尽くします」

「……」

「ただ誓ってください」

赤峰は背負っていたバッグから緋山のジャンパーを取り出し、明墨のデスクに置いた。

血染めのジャンパーを見て、紫ノ宮は目を丸くする。

「この件が終わったら、必ず緋山に罪を認めさせること」

強い眼差しに応えるように、明墨は口を開いた。

「……もちろん」

「このジャンパーは先生に託します」

「……」

「それで、志水さんは再審の意思をお持ちなんですか？」

「いや」と明墨は表情を険しくした。

赤峰と紫ノ宮も難しい顔になる。

「無理はない。さんざん無罪を訴えていたのに、自白を強要させられた。私を信じる気にはなれないだろう」

「……紗耶さんは？」と紫ノ宮が訊ねる。

「真実は伝えた……だが、何も答えなかった……」

「……」

「私があのふたりにしてしまったことは償いきれることではない……それでも」

明墨は強い決意を込め、ふたりに誓う。

「志水さんを必ず紗耶のもとに帰す」


紗耶はいつものように保護犬施設を訪れ、犬たちの世話をしていた。陽を浴びた干し草のような犬の匂いを嗅ぎながら、柔らかな毛を撫でていると、やはり気分は落ち着いてきた。

しかし……。

視線を感じ、顔を向けるとマメが寂しそうに自分を見ていた。

五歳の頃、父と一緒にマメの母親のココアの散歩によく行った。紗耶が覚えている父の顔は、穏やかで優しい笑顔だ。ふいに父の顔を思い出し思わず手が止まり、紗耶は固まる。

そんな紗耶の様子を、施設長の仁科が心配そうに見つめている。

翌日、緋山を事務所に呼び、動画を入手するための作戦会議が行われた。

「江越の連絡先はもう使われていませんでした」

がっかりする一同に、「でも」と緋山は続ける。「当時の闇バイトで使われていたメーリングリストに連絡してみたら、その中に江越を知る人間がいました。会って話を聞いたら、奴は依然表には出てこないまま、今は投資詐欺をやってるそうです」

明墨が口を開く前に、赤峰が言った。

「まずは江越の正体を突き止める必要がある」

正解だったのか明墨は何も言わない。

「ですが」と口をはさんだのは紫ノ宮だ。「十二年も前の動画を保管しているんでしょうか？」

「今でもそのときの金の振り込みが定期的に続いてるんです」と緋山が返す。「あの手の盗撮動画がいつ金に変わるかわかんないし、お前も共犯だぞ、バラすなよっていう俺への脅しにも使えるんで、間違いなく元データは保管してます」

緋山からの報告をもとに作戦が練られ、まずは江越に対して餌を撒くことにした。

投資詐欺に引っかかりやすいカモに見える人間といえば……。

やっぱ、こうなるよね……。

カフェの奥まった席についた赤峰は、あらためて偽造した身分証明証を確認する。写真は自分だが、もちろん偽名だ。その名前を見て、ため息をついた。

『鴨井翼《かもいつばさ》』って、白木さん遊びすぎでしょ……。

そのとき、「鴨井さん？」と声がかかった。

慌てて顔を上げると、どこか崩れた雰囲気の四十代の男性が立っていた。

「五十嵐《いがらし》だ。身分証貸して」

「……はい」

そっちも偽名か……そりゃ、そうだろうな。

赤峰が身分証を渡すと、江越がそれをスマホで撮影する。

「大丈夫、大丈夫。悪用なんてしないから」

その様子を背後の席から青山が監視している。鞄に仕込んだ小型カメラはふたりの姿をとらえ、それは通りをはさんだ向かいにあるファミレスで待機している明墨と緋山の前に置かれたモバイルパソコンに送られている。

映像を見た緋山が言った。

「江越です。間違いないと思います」

「……」

事務所で担当案件の事務作業をしていた紫ノ宮は、ふとミルに食事を与えている白木に訊ねた。

「ミルって、先生いつから飼ってるんですか？」

「え？　私が来たときにはもういたけど……どうかした？」

「紗耶さんのところにも……ミルとそっくりな犬がいて」

「……じゃあ、犬を通して仲よくなったのかもね」

「？」

「先生、かなりとっつきにくいでしょ。でもミルにだけは優しい顔見せるから」

「……そうですね」とうなずき、紫ノ宮は質問を変えた。「白木さんは志水さんの事件のこと、最初から聞いてたんですか？」

「まあ、大体のことは」

「なんでこの事務所に入ることに？」

「うーん……」

言いよどみ、白木は少し寂しげに微笑んだ。

「なんでだろうね。きっともう先生も忘れてるんじゃない？」

「？」

そのとき、入口のドアが静かに開き、誰かが顔を覗かせた。

その顔を見て、紫ノ宮は驚く。

紗耶だ。

オフィスに紫ノ宮と白木しかいないのを見て、紗耶は慌てて顔を引っ込めた。

「待って！」

去ろうとする紗耶に紫ノ宮が声をかける。

「紗耶さん……だよね」

「！……」

「入って」

うながされ、紗耶はおずおずと事務所に足を踏み入れた。


カフェで赤峰から連絡先を受け取り、江越は言った。

「あとは全部ここに連絡するから。さっき説明した通り、途中でやめられないからね」

「はい……」

「大丈夫大丈夫……言う通りにすれば、いい思いさせてあげるから」と赤峰に言い残し、「そんじゃ」と江越は席を立つ。それを見て青山がマイクにささやいた。

「尾行を開始します。数日調査にお時間いただきますね」

店を出ていく江越のあとを気配を殺した青山がついていく。その姿を見送り、赤峰は安堵の息を吐いた。


「先生、そろそろだと思うんだけど」

作業の手を止め、白木が入口をうかがう。我に返ったように、紫ノ宮は会議室へと視線を移した。

「あれ、紗耶さんは？」

会議室で待っているはずの紗耶の姿が、いつの間にか消えている。

「え！　ウソ⁉」

白木の声を聞くやいなや、紫ノ宮は事務所を飛び出した。

廊下の向こうに足早に去ろうとしている背中が見えた。

「紗耶さん！」

足を止め、振り返った紗耶に紫ノ宮は言った。

「気持ち、伝えたほうがいい」

「……」

「ひとりでここまで来た勇気があるなら、ちゃんと伝えられるはずだよ」

「……」

「不安で当然だったと思う。今まで信じてきたことが、全部違ったんだってわかったとき……ずっと信じてた人が……急に別の人みたいに思えたり」

実感のこもった言葉で、紫ノ宮は思いを伝えていく。

「でも、話すのをやめたらきっと後悔する。今思ってることを言えばいい。なんでもぶつければいい……先生なら、受け止めてくれる」

「……」

「そういう人だよね」

「!……」

そのとき、廊下の向こうに明墨が現れた。

紫ノ宮と一緒にいる紗耶に、戸惑いながらつぶやく。

「紗耶……」

明墨と紗耶が執務室に入ると、紫ノ宮は白木と一緒に事務所を出た。じっくりとふたりきりで話し合ってほしかったのだ。

明墨に向き合い、紗耶はおずおずと口を開いた。

「あれから、いろいろ考えた……頭、おかしくなるぐらい」

「……」

「なんで……ずっと黙ってたの？」

「……」

「あれも全部、嘘だったの？」

明墨と出会ってからのいくつもの思い出が、紗耶の脳裏に浮かんでは消える。

「ココアに会いにきてくれて……最期まで可愛がってくれたり。私が悩んでるとき、いつも助けてくれたりさ。でも、そうやって優しくしてくれてたのは……ただの罪悪感？」

黙ったままの明墨に、紗耶はうなだれてしまう。

「そうなんだ……」

明墨は静かに語りはじめる。

「紗耶の言う通り……罪悪感が消えることはない。優しくしていたのも、心の底でうしろめたさがあったからだ……でも……」

明墨は紗耶の目をじっと見つめる。

「紗耶のためにできることがあるなら……なんでもしたいと思った」

「！……」

「でもそれも……何か役に立ちたいという自分の欲望を満たす行為でしかない。結局、私は志水さんと紗耶に何もできていなかった……真実を伝えられなかったのは、自分の不甲斐なさからだ」

話を聞きながら、紗耶の目に涙が浮かんでいく。

「本当に……すまない」と明墨は深々と頭を下げる。

紗耶は涙をぬぐい、言った。

「……正直、先生のことをどういうふうに見ればいいかわかんない……でも」

濡れた瞳が明墨を見つめる。

「絶対に無罪にできるんだよね」

「ああ」

「信じていいの？」

明墨は強い目で紗耶を見つめ返し、うなずく。

紗耶は言った。

「……パパに会わせて」

※

拘置所の接見室で、明墨と紗耶が志水を待っている。

かすかに足を揺すり、緊張を隠せない紗耶に、明墨が声をかける。

「素直に聞きたいことを聞けばいい」

「……うん」

やがてドアの向こうから足音が聞こえてきた。

「！」

ゆっくりとドアが開き、志水が入ってきた。思いつめたような表情でアクリル板の向こうを見やる。

視線の先に紗耶の姿をとらえ、志水の足が止まった。

忘れたくなくて、何度も何度も記憶に残る顔をスケッチブックに描いた。

しかし、年月を重ねるうちにその面影は曖昧になっていった。

その娘が十七歳に成長した姿で、自分を見つめている。

こんなに大きくなったのか……。

娘との記憶が一気にあふれ出す。

毎日、一緒に愛犬のココアの散歩をしながら笑い合った。

公園でココアと元気にたわむれる子供らしい姿。

ウサギのぬいぐるみで楽しそうに遊ぶ、その笑顔。

あの日、ぬいぐるみがないと泣いて訴えた愛しい娘……。

「紗耶……？」

アクリル板の向こうで紗耶が小さくうなずく。

熱いものが込み上げ、涙となってあふれそうになる。娘に無様な姿は見せまいと、志水は必死でそれをこらえた。

父の涙に心を揺さぶられながらも、記憶とはまるで違う、老いてやつれ果てた父の姿に紗耶は戸惑う。

突っ立ったままの志水に、「おかけください」と明墨が声をかけた。

「紗耶さんがお父さんに聞きたいことがあるそうです」

ゆっくりと座り、目の前の紗耶に向かって志水は懸命に笑みをつくった。

「……大きくなったな」

「……パパ」と紗耶が応える。

十二年ぶりに聞いた娘の「パパ」という声に、志水は胸がいっぱいになる。

紗耶はじっと志水を見つめ、訊ねた。

「誰も……殺してないの？」

「殺してない……」

この十二年、感情を殺し、堰き止めていた思いがあふれ、声がうわずる。

「……パパは、人を殺してなんかいない」

「……じゃあ、なんで……？」

志水は涙を手でぬぐい、言った。

「……悪いことをしたんだ。会社のお金を、本当は駄目なのにもらってしまった」

「……」

「そんな悪い人間が紗耶の父親だなんて情けないよな。こんな父親なら、いないほうが紗耶は幸せになれるって……そう思った」

「……」

「ごめんな。パパのせいでつらい目に遭わせたよな。ママのことも……よく頑張ったな……ずっとひとりで……」

その言葉に、思わず紗耶は「なにそれ……」とつぶやく。

「⁉……」

「簡単に言わないで……馬鹿じゃないいの？　なんなの……」

抑えていた感情が爆発した。

「私がどうしたら幸せかなんて、私が決める！」

「！」

「なんで私を置いてったの……ずっと信じてたのに……パパが認めたせいで……つらかったなんてもんじゃない！　パパがいなくなって、ママもココアも死んじゃって……私は……ずっと……ずっと寂しかった」

言葉に詰まりながら、紗耶は本音をぶちまけた。

「本当は……犯罪者でもなんでもいいから……私は……パパと一緒にいたかったぁ‼」

そう叫ぶと、五歳の子供に戻ったように紗耶は声をあげて泣きだした。

「紗耶……ごめん……！　ごめん……ごめん……」

そんな紗耶の姿に志水の目からも止めどなく涙があふれる。

「先生がパパを無罪にするって約束してくれたの……大丈夫……絶対に助けてくれるか

ら……大丈夫」

父親に向かって、紗耶がそう訴える。

明墨は信じられない思いで紗耶を見つめる。

「もう私をひとりにしないで……」

泣きじゃくりながら懇願する娘に、涙で顔をぐしゃぐしゃにした父が約束する。

「ああ……ああ……そうする……ずっと一緒にいよう」

号泣したまま、志水は明墨へと顔を向けた。

「明墨先生……私は……私は紗耶と……」

生きたい……！

言葉にならない思いをしっかりと受け止め、明墨は言った。

「志水さん……私に……あなたの無実を証明させてください」

「お願いします……！」明墨に向かって、志水は深々と頭を下げた。

拘置所を出た紗耶が明墨と並んで歩いている。涙も止まり、どうやら気持ちも落ち着いたようだ。

「ぬいぐるみ、本当に探してくれてたんだ……」

つぶやき、明墨に向かって微笑んでみせる。

「よかった……パパは……私の知ってるパパだった」

明墨がうなずいたとき、紗耶が何かに気づき、足を止めた。明墨が紗耶の視線の先をうかがうと、赤峰と紫ノ宮が立っていた。

ふたりに歩み寄り、「すいません。やっぱり気になって……」と赤峰が言った。

紫ノ宮も小さく頭を下げる。

意を決したように、紗耶が声を発した。

「あの！……父のこと、よろしくお願いします」赤峰と紫ノ宮、そして明墨を見て、深々と頭を下げる。

「……」

三人はその言葉を、それぞれの重さで受け止めた。

※

数日後、事務所では緋山も加わった一同が江越の調査を終えた青山の報告を聞いている。

「住所は港区のタワーマンション。妻とふたりの息子と暮らしています」

　出勤する江越の画像をモニターに映し、青山は続ける。

「勤務先はウィンダムシステムズ。江越というのは偽名で、本名は後藤秀一《ごとうしゅういち》。四十三歳。東大卒です」

「東大卒？」

　驚く緋山に明墨が言った。

「高学歴の人間が知能犯罪や裏ビジネスに手を染めるのはそう珍しくない。金の匂いを察知して、身バレを防いで、賢く儲ける……世の中は一部の賢い人間が、考えの浅い人間を支配しているんだ」

　己を省み、まさにその通りだと緋山は唇を噛む。

「表の顔があるのは、こっちにとっても有利かもしれませんね」と赤峰が言った。「家族、会社にバラすと脅せば、江越も……」

「その前に」と明墨が青山をうながす。

「こちらを見てください」と青山が新たな画像をモニターに表示させる。「昨日の写真です」

「俺の家！」と緋山が声をあげた。

青山はアパート近くに停められた車にズームしていく。運転席に座る人間の顔がはっきりし、紫ノ宮が言った。

「菊池検事……」

「彼がここにいるってことは、緋山さんと志水さんの関連性に気づかれたってことですか？」と赤峰が明墨をうかがう。

「間違いない」

「まさか、江越のことまでバレてたり？」

不安げな顔を向ける白木に、「いえ」と青山が首を振った。

「江越の周辺には菊池検事の姿はありませんでした。今でも緋山さんを監視しているということは、江越にはまだたどり着いていないということです」

「……そっか」

「青山さん、江越も追いながらこの情報まで。すごいですね」

感心する赤峰に青山が返す。

「まあ、いろいろツテがあるもので」

「へえ……」

「そこで」と明墨が新たな指示を出す。「赤峰くんと緋山さんには菊池の目を釘づけにしておいてもらいたい」

「わかりました」

東京地検の食堂で伊達原と緑川が向き合い、そばを食べている。と、伊達原のスマホに菊池からメールが届いた。

『緋山が赤峰弁護士と接触しました』

添付された画像には、緋山のアパートに入る赤峰の姿が写っている。

「控訴審の準備かな……」

写真を一瞥し、緑川が訊ねる。

「今さら緋山を追わせて何に？」

「やだなー。いつ出てくるかわかんないでしょ。緋山が殺人犯だったっていう証拠」

「なるほど。明墨が殺人犯を無罪にしたという証拠が出れば、完全に終わりますからね」

「でしょう？」

そう言うと、伊達原は豪快にそばをすすった。

「あ、ねえ。そういえば昨日、検事総長と会ってたらしいじゃない」

「！……ええ。事務官研修の件で打ち合わせに行った際に、ちょっと」

「え、なに話したの？」

「先週の取り扱い事件について聞かれただけで、大したことは」

「……まあね。僕も下でやってる細かいことはわかんないしね」

「はい……」緑川は伊達原に微笑んだ。


「来客？」

受付からの内線電話を取った江越は怪訝そうに返す。

「アポなんて入れてないけど」

「弁護士の先生です」

「弁護士？」

「後藤さんに『エゴシの投資の件で』と伝えればわかると……」

「！……」

「お忙しいようでしたら、本日20時にインペリアル東京のラウンジの窓側のソファで待つとおっしゃっています」

「……20時……了解したと伝えてください」

江越は受話器を置くと、デスクの上のスマホに手を伸ばした――。

緋山はアパートの外に菊池が乗る車を確認しつつ、赤峰を自室に招き入れていた。

「動き、ありませんね」赤峰もカーテンの隙間から菊池の車を確認する。

赤峰のパソコンには青山が撮影しているホテルの映像が映っている。

そのとき、カメラがホテルの入口へと振られ、画面に江越の姿が現れた。

「来ました!」と青山の声がスピーカーから流れる。

赤峰と緋山はパソコンの映像に集中する。


警戒しながらラウンジへと向かい、江越はスマホを取り出した。時刻は20時ちょうど。

しかし、指定された窓際のソファには誰もいない。

江越が足を止めたとき、背後から声をかけられた。

「後藤秀一さん」

ビクッと振り返った江越に明墨は言った。

「いえ……江越さんとお呼びしましょうか」

江越はスマホをしまい、明墨に訊ねる。

「なぜあなたが『投資』のことを？」

明墨は名刺を差し出し、言った。

「弁護士の明墨です。緋山啓太さんの代理で参りました」

「ヒヤマケイタ……？」

記憶を探るように少し考え、江越は言った。

「知りませんが？」

「無駄な時間はお嫌いですよね？」

「……」

「単刀直入に申し上げます。今から十二年前、緋山さんが撮影された動画をすべてお渡ししていただきたい」

「……おっしゃっている意味がわかりませんが？」

「緋山さんからすべて聞いています。あなたの指示で盗撮を行っていたと」

「！……」

慌ててその場から去ろうとする江越に、明墨は言った。

「いいんですか？」

江越が足を止め、振り返る。

「なんだよ」

「私はただ、取引をしたいんです。ただそれだけです」

周りを気にしながら、江越は言った。

「……よくわかりませんが、盗撮というのは三年で時効では？」

「よくご存知でいらっしゃる」

「単なる知識です。別に俺は何も――」

「そうですよね、わかります」と明墨がすかさず江越の言葉をさえぎった。

「……」

「その前提で構いません。あなたも立場があるでしょう。あなた個人をどうこうしたいわけではない。ただ、あなたと取引をしたい」

意図を探るように江越は明墨を見つめる。

「緋山さんは怯えているんです。かつて手を染めてしまった犯罪であなたに脅されるのではないかと。だから緋山さんが過去に盗撮に関わったという痕跡をすべて、こちらに渡していただきたい。そうすれば、それ相応の額をご用意いたします」

「は？　なぜ、そこまで」

「世の中には法で解決できないこともある。それを知っているのもまた弁護士です。民事の交渉役も一つのビジネスですから」

「……なるほど。仮に私がその動画を持っていたなら、それを渡すだけで金が入る。そのうえ、そっちも違法な手段であるからこそ通報されるリスクはない」

「さすが優秀なだけある。呑み込みが速い。あなたにとって、デメリットのないビジネスだと思いますが？」

「……もし断れば？」

明墨が即座に答える。

「あなたが総崩れするだけです」

「……悪くない話なんですけどねえ」

思わせぶりに江越は言った。

「ビジネスはスピードが大事なんです」とスマホを取り出し、ボイスメモを停止する。

明墨との会話を録音していたのだ。

「……」

「先客がいまして……もうその動画、私のところにはないんですよ」

「⁉」

江越は発信ボタンに触れ、スマホを耳に当てる。

「残念ながら脅迫はされませんでしたが、どうすればいいでしょうか？」

どういうことだ……？

いぶかしげに江越の声を聞いていた明墨の前に、スッと誰かが立った。

「⁉」

そこに姿を見せたのは菊池だった。

いきなり画面に現れた菊池に、赤峰と緋山は驚き、顔を見合わせた。赤峰は急いで窓を開け、身を乗り出す。道端に停まった菊池の車には誰も乗っていなかった。

やられた！

スマホを耳に当てながら近づいてきた菊池は、通話を切ると目の前にいる江越に直接礼を言った。

「ご協力ありがとうございます」

「はーい」とニヤニヤ笑いながら、江越は菊池に場所を譲る。

明墨の前に立ち、菊池は言った。

「あなたなら脅迫をしてでも動画を奪い取りにくると予想していましたが……」

やはり伊達原の差し金か……。

菊池は江越を振り向き、言った。

「行きましょうか」

「え？　もういいんですか？」

「脅迫されなかったのであれば、この場で逮捕は不可能です」

そう言って、菊池は背後のソファで控えていた私服警官たちに声をかける。

「ご苦労さまでした」

「なーんだ。いいもん見れるって期待してたのに」

つまらなそうに言って、江越は菊池らとともに去っていく。

その後ろ姿を明墨がにらむように見つめている。

「了解、了解。まあ、そこまで馬鹿じゃないよね」

菊池からの電話を切り、伊達原はパソコンの画面越しに前を見た。

「で、なんだっけ？」

伊達原のデスクの前に立っているのは緑川だ。

「先週判決の出た公判記録をお持ちしました。決裁をお願いします」

伊達原は画面に視線を戻し、面倒くさそうに言った。

「代わりにやっておいてよ」

「そうはいきません」

「だよね。君にはないもんね、その権限。僕、偉いからね……」

ずっと画面から目を離さない伊達原が気になり、緑川が訊ねる。

「……何をご覧になっているんですか？」

「とある大昔の事件で押収した資料映像」

街灯が光源となった薄暗い画面には二十代の女性が映っている。公園を歩いているその女性をカメラが追う。いかにも素人の盗撮という感じで、画角は安定せず、画面が揺れる。

と、女性の背後に何かを探している様子の中年男性が映り込んだ。

まさに、明墨たちが探していた動画だ――。

伊達原は志水が映っているシーンで動画を止める。

「盗撮なんて許せないよね……こんな奴が世の中には山ほどいる。捕まえても捕まえても、蛆虫のように湧いてくる。でも……」

緑川に話しながら動画ファイルを削除すると、伊達原は動画が保存されていたハードディスクを手に取った。

「天は正しいほうに味方する」

高々と手を振り上げ、ハードディスクを床にたたきつけた。

「！」

真ん中から折れたハードディスクをさらに何度も蹴りつけて徹底的に破壊していく。

自らの行為に刺激されたのか、伊達原は笑いだした。

積もりに積もった感情を晴らすかのように次第にエスカレートしていく耳障りな笑い声が、部屋中に響いていく。

その様子を緑川は啞然として見守る。

唐突に笑い声がやみ、伊達原は緑川に真顔を向けた。

「甘いものでも食べに行こうか？」

「……」

背筋に寒けが走り、緑川はうまく反応できなかった。

※

珍しく怒りをあらわに事務所に戻ってきた明墨を悔しそうに一同が迎えた。

「伊達原検事正、ですね……」

紫ノ宮が言い、青山がうなずく。

「残念ながら動画はすでに消されてしまったでしょう」

「でもなんで？」と白木は首をひねる。「江越のことはバレてなかったんじゃ」

赤峰がボソッと言った。

「先生の接触がわかった時点で、全部筒抜けだった」

「そんな……どうやって？」と白木は愕然とする。

紫ノ宮が言った。

「向こうは検事正です。犯罪者の情報は手中にあります。緋山さんと志水さんの関係を調べるうちに、彼が動画の撮影者だと気づいたのかも――」

ドアが開く音がして、皆は同時に入口に目をやる。

入ってきたのは伊達原と緑川だった。

唖然とする一同を気にもせず、「なかなか小綺麗にしてるじゃない」と伊達原はゆっくりとオフィスを見回し、鋭い視線を向けてくる明墨に笑いかけた。

「悪いね、突然。かつての部下が弁護士事務所を開いたのにお祝いの一つも贈ってなかったと思って。ちょっと寄らせてもらいました」

手にした祝いの花を近くのデスクに置いた伊達原に、「ありがとうございます」と明墨は努めて冷静に軽く頭を下げる。

「そういえば、菊池くんから聞きました。なんだか昔の盗撮犯を追っていたとか？　どうしてそんなお金にもならないことを？」

「聞いたところで興味おありですか？」

「……そうだね。でも弁護する人間は考えて選ばないと。事務所、潰れちゃいますよ」

伊達原は明墨から赤峰たちへと視線を移し、続ける。

「ついていくあなたたちも大変でしょう？　いっそ検事に転向しますか？　国のため、市民のために汗を流し、感謝される。生活も安定してますからね。将来の不安もない。いい仕事ですよ」

想像とは違い、つかみどころのないとぼけた佇まいに赤峰は戸惑う。

「堂々とした勧誘を」と明墨は苦笑した。「さぞ優秀な検事にお困りのようで。ですが、彼らを渡すつもりはありません。どうぞお引き取りを」

「……わかったよ。私も忙しい。それじゃ、お邪魔しました。明墨弁護士……こう呼ぶのが最後ではないことを祈ってますよ」

余裕の笑みを残し、伊達原は事務所を出ていく。結局、緑川はひと言も発しないまま、あとに続いた。

邪魔だとばかりに明墨はデスクに置かれた花束を手に取った。かすかに震える花に明墨の怒りを感じ、皆は何も言えなくなる。

タクシーの後部座席に伊達原と緑川が並んでいる。伊達原はクスッと笑い、言った。

「彼は、検事の素質があったんだよ……正しい判決のためには間違いを恐れず、できることはすべてやる男だった」

「……」

「明墨くんは……私にどこか似ていたんだ……」

「……」

「だから、彼が考えそうなことは手に取るようにわかる」

「……」

「正義の弁護士には向いていないんだよ」

どこか自嘲めいた独白を、緑川は黙って聞いている。

明墨が執務室に引っ込むと、紫ノ宮が口火を切った。

「やっぱり伊達原検事正は、私たちより先に江越を見つけ出していた……」

すでに言い含められていた江越は、明墨が会社に訪ねてきたことをすぐに菊池に報告していた。連絡を受けた伊達原は、私服警官を向かわせて、菊池にもホテルに行くように指示していたのだ――。

「まんまと欺かれました」と赤峰が悔しげな顔になる。

「投資詐欺を見逃す代わりに、動画を手に入れたのかもしれませんね」と青山。

「じゃあ、菊池さんが緋山さんを追ってたのは？」

白木の疑問に赤峰が答える。

「罠です。緋山さんを追わせることで、まだ江越に気づいていないと僕たちに思わせた。菊池の目を江越に向けないように動いていたつもりが、逆に僕たちが伊達原検事正の手のひらで転がされていた……これで志水さんの再審が……」と赤峰は強く唇を嚙みしめる。

保護犬施設を訪れた紗耶がマメにスマホを向けている。マメがはしゃぎすぎて、うまくフレームに収まらない。

「ほらほら動かない。パパに見せるんだから」

抱きしめ、背中を撫でてマメを落ち着かせながら、紗耶は言った。

「……もうすぐマメも会えるからね」


独房では志水がスケッチブックを開き、絵を描いていた。十七歳の紗耶の絵だ。これまでとは違い、目をつぶっただけで瞼の裏に鮮やかに顔が浮かんでくる。

志水は迷うことなく鉛筆を走らせる。


明墨はデスクに座り、瞠目している。

床には伊達原から贈られた花が投げ捨てられ、無残に花びらを散らしている。

志水さんの無実を証明する唯一の証拠——あの動画を手に入れるために、自分たちがこれまでやってきたことを思い返し、絶望的な気持ちになる。

これからどうすればいいんだ……。

9

「諸君も知っての通り、刑事事件において日本は他国より後れを取っていると言われています。例えば、多くの国では取り調べの際、被疑者、被告人には弁護人の立ち合いが権利として認められていますが、日本は違う」

法務省の大会議室。席を埋めた検事たちの前に立ち、伊達原が講演をしている。聴衆の中には緑川と菊池の姿もあり、真剣な表情でその演説を聞いている。

「数年前、海外から招いた元会社経営者が国外逃亡した事件では、家族との接見が禁じられた状況などが報じられ、海外メディアから『人権無視』と批判されました。日本では弁護側が保釈を求めても、『証拠隠滅の恐れ』などを理由に保釈を認めないケースが多いと。被疑者が否認すれば勾留が長引き、自白をすると保釈が認められる……」

伊達原は小さく横に首を振った。

「それは我々が粘り強く被疑者に向き合い、真実を求めてきた結果にほかなりません。だからこそ、世界でもまれに見る九十九・九％という有罪率を保ってきたんです！」

「……」

「だが世間はこの運用について、『人質司法』と呼んで批判します。まるで被疑者を人質に取って自白を強要しているかのような言い草だ。あり得ない。それは我々がよくわかっています。しかし嘆かわしいことに、先日の一検事の不正により検察への信頼は大きく揺らぐ結果となってしまった……」

伊達原は一同を見回し、声を張った。

「今日ここで、私は強く訴えたい。我々は堂々としているべきだと！」

「！」

「検察は法に従い、職務に忠実になすべきことを行っている！　そもそも罪のある人間に罰を与えることを国民が求めているんです。我々はその意志を真摯に受け止め、被告人と向き合っているにすぎません」

演説がヒートアップするにつれ、伊達原を見る聴衆の目にも熱が帯びていく。

「弁護側のほうが人権を守っているようにとらえられることが多いですが、実際はどうです？　罪のある人間に無罪を与えることこそ恐ろしい」

「……」

「平和に暮らしている人々に害が及ばぬよう、法律にのっとり整えていくのが我々の仕事だ。今こそ検察の威信を取り戻し、世間に知らしめるときが来ている！　我々検察こそが正義なのだと！」

魂を鼓舞し、検察官という職務へのプライドを大いにくすぐる演説に、聴衆は盛大な拍手を送った。

壇上を降りた伊達原は緑川に迎えられ、誇らしげな顔で満足そうに微笑んだ。


アクリル板の向こうに現れた志水に、明墨は深々と腰を折る。

「本当に、申し訳ありません」

話を聞き、志水がつぶやく。

「……そうですか。例の動画が……」

「ですが、このままでは終わらせません。今、方法を探っています。少しでも早く再審できるよう――」

「ありがとうございます」と志水がさえぎった。

意外な言葉に明墨は驚く。罵倒されるのを覚悟でここに来たのだ。それなのに志水は笑みさえ浮かべている。

「私がこうなったのは……先生のせいだとは思っていません。横領に手を染めてしまったことも……やってない罪を認めてしまったことも……全部、私の弱さが招いたこと。

先生が頭を下げることなんかないんです」

「……」

「先生のほうこそ、ご自分の人生を私と紗耶のためにどれほど犠牲にしてきたか……。長かったでしょう?」

「!」

「先生のおかげで紗耶にまた会えました。昨日も写真を見せてくれましてね」

あれ以来、紗耶は何度も面会に訪れていた。昨日はココアの子供のミルとマメの写真を持参し、「パパにも早く会わせてあげたい」と嬉しい言葉をくれたのだ。

「手がね、温かいんですよ」と志水は自分の両手を見つめる。「今、生きているんだとまた感じることができた……。もう本当に十分です」

「志水さん。それ以上の幸せを……あなたは当然受け取るべき権利があるんです」

顔を上げた志水に、明墨は言った。

「私はあなたを無罪にすると約束しました。どうか、あと少し……時間をください」

こまごまとした事務作業を行いながら、白木は執務室のほうを気にして「先生、今日も出てきませんね」と横を通った青山につぶやいた。

「家にも帰ってないようです。何度も読み込んだ事件資料を読み返しているようで」

ここ数日、明墨はあの部屋にこもりっぱなしなのだ。白木がガラス壁の向こうを心配そうに見ていると、赤峰が戻ってきた。

「どうだった？」と首尾を訊ねる。「沢原さんの知り合いの記者、会えた？」

「十二年前のことはいろいろ聞けたんですけど……」席につきながら赤峰が返す。「再審の決め手になるような情報は何も」

「そりゃそっか……新証拠なんて、そう簡単に出ないか」

「あのアリバイ動画もたどり着くまで五年かかってますからね……」

五年間の明墨の苦労を知っているだけに青山の失望はことさら大きい。

「あー、もう」と赤峰が苛立ったような声を漏らした。「どうにかならないんですかね。あの動画……」

「伊達原は跡形もなく消去してるでしょうね」

冷静に返す青山に、赤峰は憮然としてしまう。

そこに紫ノ宮が戻ってきた。

「お帰り」と白木が声をかける。「どうだった？　しのりんパパ」

「面会拒否です」ため息交じりに紫ノ宮が答える。「でも何度でも通います。動画のこと証言してもらうまで」

「お願いします……今はそれ以外に手立てはありません」と青山は言った。

何もできない焦りと苛立ちで、「んあー!」と赤峰が大きな声をあげ、席を立った。

「どうした若者?」

「これ借ります」と隅にあったホワイトボードを手前に引き出す。「もう一度、事件を整理していいですか。何か見落としていることがあるかもしれないので」

「やろう」と紫ノ宮が返し、白木と青山もうなずいた。

赤峰はノートを見ながらあらためて事件の概要をホワイトボードに書き出していく。


事件が起こったのは二〇一二年三月五日。千葉県千葉市花見川区にある糸井誠さんの自宅寝室で、一家全員が死亡しているのが発見された。

一家のかかりつけの医師によると、死亡する前夜、誠、妻の恵理子、娘の菜津の三人は嘔吐、下痢などの症状を訴え、受診していた。食あたりとの診断を受け、自宅療養をしていたが、翌日未明に死亡したとみられる。

現場検証の結果、テーブルから高濃度の硫酸タリウムが検出されたことから、毒殺事件と断定された。

近隣住人の話によると、死亡した前日の午後7時半頃、糸井家に客がひとり招かれ、食事会が催されていた。警察は毒物を持ち込んだのはこの客とみて捜査を進めた。

硫酸タリウムは無味無臭のため、飲食物に混ぜても気づかれることはない。そのうえ、効果が出るまでに一定の時間がかかる。つまり、毒を摂取してもすぐに異変は起きない。食器はすべて洗われ、毒の痕跡は残されていなかった。

また犯人は、帰宅前に部屋中の指紋をきれいに拭き取っていた。毛髪、皮脂、皮膚片などを含む犯人の痕跡も一切残されていなかった。

糸井の人間関係が徹底的に洗われ、その結果、一家とも親交が深かった志水さんが逮捕された――。


ホワイトボードを埋めた事件概要を見ながら、赤峰が言った。

「でも実際はその夜、志水さんは紗耶ちゃんのために菱見公園でぬいぐるみを探していました」

「桃瀬さんのファイルによると緋山さんの盗撮動画に映り込んでいた時刻は19時41分。いっぽう、糸井一家に犯人らしき人物が訪れたのは、19時30分頃。距離的にも志水さんがこの時間に糸井家にいることは不可能です」と青山も補足した。

「でもこのときは、まだ誰も動画の存在を知らなかった……」と赤峰。

「それに奥さんは留守で、志水さんが公園に行ったことを知ってたのは、紗耶ちゃんだけ。警察は父親が五歳の子供を言いくるめてるとしか思わなかった」

紫ノ宮が言い、さらに赤峰が付け加える。

「そのうえ、会社の金を横領してたことや糸井さんとトラブルになってた証拠も出てきて、どんどん疑いは強まってしまった……」

「ついてないよね」と白木が嘆息する。「殺人に使われた毒が硫酸タリウムってのもさ。建設会社に勤めてた志水さんなら、手に入れるのも難しくない」

「もしかしたら……」と紫ノ宮が思いついたことを口にする。「真犯人は志水さんと同じ会社の人間……？」

「可能性はありますよね」と赤峰がうなずく。「桃瀬さんのファイルには何か書いてないんですか？　真犯人のこと」

「いまだ不明とあっただけで、手がかりになるような記載はありません」

青山はそう言うと、「先生の許可はいただいているので、よければ」と赤峰に桃瀬のファイルを渡した。

事件の詳細が簡潔に整理されたファイルに目を通しながら赤峰がつぶやく。

「桃瀬さんて、どんな方だったんですかね……」

「とても優秀な方でしたよ」

赤峰と紫ノ宮は驚き、青山を見る。

「青山さんも知ってる方なんですか?」

赤峰に聞かれ、青山はうなずく。

「大学時代の後輩でしたから。一応、私も昔は弁護士志望だったんですよ」

「じゃ、青山さんと先生ってその頃から?」

「司法試験、四回チャレンジしたんですけど駄目で」

「こう見えて極度のあがり性なんですよね」と白木が補足する。

青山は苦笑した。

「妻が妊娠したのをきっかけに、あきらめて営業職に就きました。でも五年前、先生と再会して。事務所を立ち上げるからと、こちらに誘っていただいたんです」

「そうだったんですか……」

「桃瀬さんが亡くなったことは、そのとき初めて知りました。きっといい検事になっているだろうと思ってたんですが」

話しながら、青山はデスクに置かれた赤峰のノートに視線を移す。

「赤峰さんのノートを見ると桃瀬さんを思い出します。よくそうやってメモを取ってましたから」

彼女もメモ魔だったのか……。

ふとあることを思いつき、赤峰は考えをめぐらせる。

※

翌日、紫ノ宮は警察署の留置所にいた。受付に面会希望の用紙を提出し、係員に告げる。

「いつまでも待つと伝えてください」

「……わかりました」

待機用のイスに座り、父の気持ちが変わり、その名を呼ばれるのをひたすら待つ。

同じ頃、赤峰は桃瀬の実家を訪ねていた。何か少しでも手がかりがあればと思いつき、青山に頼んで桃瀬の母の美枝子《みえこ》に連絡を入れてもらっていたのだ。

遺影に手を合わせたあと、案内された桃瀬の部屋に入る。机の上に数冊の本が置かれていた。どの本にも付箋が貼られている。

「一応、事件に関係してそうなものは、ずいぶん前に明墨さんにお渡ししたんですけど。整理していたら、少し出てきたので」

「ありがとうございます」と赤峰は美枝子に頭を下げる。

「あの子、病院でもずっと調べてたんですよ。志水さんの事件のこと。医師の先生方に毒について質問して、困らせたりして……」

「……」

「あと、これも……」

美枝子は机の引き出しを開け、本のようなものを取り出して赤峰に差し出した。

「礼子が、最後までつけていた日記です」

「！……いいんですか」

「娘の遺志を、明墨さんが継いでくれただけでもありがたいのに……いつの間にか、あなたみたいな仲間が増えて。娘も喜んでると思うんです」

「……」

「あの子が言うんですから、志水さんの無罪は間違いありません。どうか、志水さんを救ってください」

美枝子の強い思いとともにその日記帳を受け取り、赤峰は桃瀬の実家をあとにした。


「戻りました！」

勢いよく赤峰が事務所に入ってきた。年季を感じる古い紙袋を一つ持っている。

「それ、桃瀬さんの？」と中を覗き込んだ白木は目を丸くする。「すごい付箋の数……」

「はい」とうなずき、「メモにヒントがあるかもと思って」と赤峰は紙袋の中身をデスクに出していく。

そのとき、執務室から明墨が出てきた。

「……」

赤峰は明墨に、桃瀬の日記帳を差し出した。

「これ……桃瀬さんの日記です。お母さんも、先生になら読ませても、桃瀬さんも許してくれるはずだとおっしゃって……」

差し出された日記帳を明墨は黙って受け取った。

執務室に戻り、明墨はさっそく日記帳を開く。

とめはねがしっかりした桃瀬らしい几帳面な字が書き連ねられている。その日の出来事が、感想とともに三、四行で簡潔にまとめられている。

明墨は事件に関わる事柄を拾い読みしていく。

4月1日　あの伊達原さんの下につくことになった！
検事なら誰もが目標にする憧れの検察官。がんばろう。

6月10日　伊達原さんのことで気になる話を聞いた。

千葉で起きた糸井一家殺人事件で、伊達原さんは志水のアリバイを示す証拠を隠滅したという。

あの事件をきっかけに伊達原さんは出世した。

まさかとは思う。

でも、本当だとしたら大変なこと。

6月21日　あのことを同期に話した。

明墨君は当時、応援に駆り出されたって聞いてる。

何か知ってるかもしれない。


明墨はそのときのことを思い出す。

場所はたしか、同期でよく行っていた居酒屋だった。桃瀬は飲みはじめからテンションが高く、この出来事に強い関心を持っているのがよくわかった。

「調べてみたら、やっぱりおかしいの。志水は横領の罪はすんなり認めているのに、殺害についてはずっと否認してた。勾留期間だってトータル六十五日。これ、いろんな理由をつけて延ばしてるよね？　無理に自白に追い込まれたんじゃないかって……明墨くん、何か知らない？」

「証拠はあるのか？」

「え？」

「伊達原さんが証拠を隠滅したっていう証拠だよ」

「それは……」と口ごもる桃瀬に明墨は冷たい視線を浴びせた。

「噂ベースなら検証する価値もない。君も検事なら、もっとほかにやるべきことがあるんじゃないのか？　ただでさえ犯罪者が列をなしてるんだ」

「……」

明墨は席を立ち、店を出た。

日記の続きにはこう書かれていた。

6月21日　あとから聞いた。志水を自白させたのは明墨君だった。

彼に相談したのは間違いだった。

「……」

苦い思いで明墨はページをめくる。

9月6日　深澤刑事と会った。伊達原さんの噂は、彼が漏らした言葉が広がったみたいだ。彼はたしかにその動画はあったと認めた。

このときの深澤《ふかざわ》刑事とのやりとりは、事件に関してのノートに詳細な記述があった。

明墨には、真剣な表情で対峙する桃瀬の姿が目に浮かぶようだった。

　喫茶店のテーブルで桃瀬と向き合うと、深澤は語りはじめた。

「盗撮動画を送りつけられるという、嫌がらせ被害に遭った女性から相談を受けたんです。それで見せてもらったら……」

「志水さんが映ってた」

「ええ。志水の顔はニュースでも何度も見てたので、あっ！って。それで、捜査本部長だった倉田さんに報告して」

「倉田さんはなんと？」

「慎重に確認したいから預からせてくれって言うんで、お渡ししました」

「……」

「後日、あれは志水ではなかったって言われたんですけど。今思うと……」

「それ、証言してもらえませんか？　お願いします」

「いや、勘弁してくださいよ。今の話もここだけにしてください」

　半分予想していた答えに肩を落とす。

　同時に確信もした。

　やっぱり、冤罪は間違いない。大きな一歩だ。

10月26日 志水さんからは面会拒否され続けている。
手紙、読んでくれるといいけど……。

3月12日 志水さんの娘さんが保護犬の施設に通っていると知った。
牧野紗耶ちゃん。
声をかけようとしたら逃げていってしまった。
少しずつ歩み寄れるといいな。

5月8日 ついにココアが懐いてくれた！
紗耶ちゃんも少しずつ笑顔を見せてくれる。

9月18日 保護犬の譲渡会で写真撮影を頼まれた。
紗耶ちゃんとココアとも一緒に撮れた。
紗耶ちゃんの笑顔に感動！　ココアも笑ってるみたいだ。

明墨は保護犬施設に貼ってある写真を思い浮かべる。

きっと、あの写真だろう。

10月2日　宇都宮地検に異動の辞令。この時期の異動なんて、普通あり得ない。

でもこれも、真実に近づいている証拠なのかも。

3月27日　仕事が山積み。せめて週末だけでも千葉に行って、事件の調査を進めたい。

なのに、どうにも体の調子が悪い。

疲れてるのかな。

4月7日　病気が見つかった。

情けない。入院なんかしてる場合じゃないのに……。

その後、数ページにわたって闘病の様子が記されている。

事件への強い思いを綴るその裏側に、自分の命への不安が透けて見える。

それを必死に抑え込んでいるのがわかり、明墨はいたたまれなくなる。

ページが進むにつれ、文字がよれ、弱々しくなっていく。

「……」

9月16日　また入院。明墨君を呼び出した。

明墨は病室で桃瀬に会ったときのことを思い出す。

やつれた表情の桃瀬は、棚に置いたファイルを指さし、「それ……明墨くんにあげる」と言った。

明墨はファイルを手に取った。表紙には『糸井一家殺人事件』と記されている。

「まだ調べてたのか」

「うん」

「ただでさえ忙しいのに栃木と千葉往復して、定期健診も受けずに……」

「馬鹿だって言いたいんでしょ。その通りだよ」

苦笑してみせる桃瀬に、明墨は返す言葉がない。

「おかげで、こんな」

「……」

「志水さんの冤罪は間違いない。読んでくれればわかる」

ファイルを手に途方に暮れる明墨を見つめ、桃瀬は言った。

「明墨くんには、志水さんを自白させた責任がある。一度でいいから目を通して」

「……」

病室を辞した明墨は待合室のベンチでそのファイルを開くと、『明墨君へ』と書かれた短い手紙がはさんであった。

明墨はそれを読みはじめる。

『明墨君、志水さんを救って。

こうなってみてわかる。命は有限で、尊い。

私も……もっと生きたかった。

でも、まだ救える命がある。

誰ひとり、無実の罪で命を奪われることがないように。

その命を奪うのが、司法権力の傲慢であってはならないと、ひとりの検事として強く思います。

どうか私たちが、司法の「信頼」と「誇り」を取り戻せますように』

「……」

明墨は日記を読み続けた。弱々しい掠れた桃瀬の文字が並んでいる。

『明墨君なら必ず、志水さんを救ってくれる。

何があっても屈することなく、自分の道を突き進む人だから。

……でも本当は』

ページをめくる。

『その未来を、私もこの目で見たかった。

明墨君と一緒に』

それ以降も日記は続いていたが、最後のほうは何が書いてあるのかほとんど判別できなかった——。

オフィスでは、明墨が執務室で桃瀬の日記を読み返している間、皆で桃瀬の残した書物に目を通していた。

おびただしい量の書き込みとメモ書きされた付箋で、どの本も分厚くなっている。

執務室から明墨が出てきた。

手にした日記帳をかかげ、皆に告げる。

「すべて読んだが、ファイルにある以上の手がかりは見当たらなかった」

「そうですか……」

落胆する赤峰に、明墨は日記帳を渡した。

「……いいんですか」

「桃瀬はきっと君たちの尽力に感謝してるはずだ」

そう言って、赤峰と紫ノ宮を見つめる。

「!……はい」と赤峰が応え、紫ノ宮もうなずく。

ふたりを見る明墨の眼差し、見返すふたりの表情……その様子に白木はどうしようもなく疎外感を覚えてしまった。

明墨はふと床に落ちている付箋に気づき、それを拾った。縦書きで『似てる?』と書かれ、その下に傍線が伸びている。

「本についてたのが落ちちゃったんですね。どこについてたんだろう?」と赤峰が書物と資料の山に目をやるが、付箋は至るところに貼られていたので見つけようがない。

とりあえず、明墨は磁石を使ってホワイトボードにその付箋を留めた。

※

養護施設の門の外から瀬古が様子をうかがっている。何度も足を踏み出しかけるが、最初の一歩が出ない。あきらめ、踵を返そうとしたとき、背後から声をかけられた。

「入らないんですか？」

「！」

振り向くと、明墨が立っていた。

「まあ、入っても冷たい視線を浴びるだけでしょうけどね。今のあなたは」

「……」

結局、ふたりが入ったのは養護施設ではなく、近くのカフェだった。テーブルに置かれたコーヒーをひと口飲んでから、明墨が言った。

「弾劾裁判では黙秘を続けているそうですね」

「私の勝手でしょ」

「話せば楽になると思いますけどね。あなたが不正に手を染めたきっかけは……伊達原だと」

「……やっぱり元検事ね。私を取り調べに来たわけ？」

「取り調べではなく、お願いに来たんです」と明墨は真摯な目で瀬古を見つめる。

「裁判ですべてを話してください」

「……」

「あの判決をしたとき……あなたは何も知らなかった。検察が出した証拠を信じ、考え抜いた末……志水さんには死刑が妥当だと判断した」

「……」

「冤罪の可能性を知ったのは、桃瀬という検事があなたに会いに行ったときだ」

「……」


瀬古は、桃瀬から志水のアリバイを証明する動画の存在を打ち明けられたときの衝撃をまざまざと思い出していた。

桃瀬は強い確信を持って、瀬古に伝えていた。「志水裕策のアリバイを証明する動画があった。でも、それを伊達原検事正によってもみ消された。……志水さんは無罪です」と。

明墨は続ける。

「あなたは明らかに動揺していた。桃瀬の記録には、そう書かれていました」

「……」

「過ちに気づき、後悔してきたんですよね。だから牧野紗耶がいる児童養護施設で寄付やボランティアを続けてきた。せめてもの罪滅ぼしのために」

「……」

「だが、そんなのは瀕死の怪我に絆創膏を貼るようなものだ。あなたが見て見ぬふりをしたその怪我で、ひとりの命が失われるかもしれないんです。手遅れになる前に……声をあげませんか」

冷めたコーヒーで乾いた口を潤し、瀬古は言った。

「無駄よ。私は何も知らない」

「……」

「桃瀬検事から聞いたあと、私も伊達原に会いに行った。真実を確かめるために。……でも伊達原は認めなかった」

「……」

「その後、どういうわけか私はどんどん出世していった。伊達原の紹介で政治家や有力者とのつながりも増えていって……。結局、私は伊達原にそれ以上何も聞けなかった。だから、事件の真実は私にはわからないし、証言のしようもない。残念だったわね」

「……」

「伊達原はね、自分のルールからはみ出した人間を絶対に容赦しない……あなたもすぐ潰される」

そう言って、瀬古は同情するような視線を明墨に向けた。


「ただいま」

帰宅した伊達原のもとに、「お帰り〜」と廊下から娘の結奈《ゆいな》が駆けてきた。

「もう、結奈！」と奥から妻の絵美《えみ》も顔を出す。「お帰りなさい」

「どうかしたのか」

「この子、勉強するって言って、また隠れて動画見てたのよ」

「ねー、いいじゃんたまには」と結奈がまとわりついてくる。「この前の模試、成績上位に入ったんだしさ」

「結奈。頑張ってるのは知ってるよ。でもルールを破るのはいけないな」

不満げな顔になる娘を、伊達原は優しくたしなめる。

「ルールを破った人間は罰せられる。その罰を与えるのがお父さんの仕事だ」

「……もういいって」

ぷいと顔を背け、部屋に戻ろうとする娘に伊達原は言った。

「結奈にも罰を与えないとダメかな？」

「……わかったよ。ごめんなさい」

ふてくされながらも、ちゃんと謝る娘に伊達原は微笑む。

「いい子だ」


「これ、見てください」

昼休憩から戻った白木が明墨のデスクに向かい、怒り顔で手にした雑誌を広げた。

「今日発売された週刊誌です」

すぐに皆が集まってくる。

『明墨弁護士、殺人の罪をもみ消しか⁉』

煽情的な見出しの下、明墨と江越がホテルで話している写真や緋山のアパートに入っていく赤峰の写真が掲載されている。

「これは……」

絶句する赤峰に青山が冷静に言った。

「伊達原がメディアの印象操作を始めたんでしょう」

白木が記事を読んでいく。

「数々の事件で被告人を無罪に導いてきた明墨弁護士だが、その仮面がはがれた。殺人事件の控訴審を控える緋山啓太氏の弁護において、違法に証拠を隠滅し、犯罪をもみ消した疑いがささやかれている。彼にとって裁判は、『正義の弁護士』を演じるためのパフォーマンスにすぎない。検事時代は歪んだ正義感ゆえに問題児として扱われていた。法廷でのやりとりからは、検察組織への個人的な恨みも垣間見える……」

「こちらには志水さんの事件にも言及されています」

青山が開いたページを今度は赤峰が読んでいく。

「志水死刑囚が冤罪だとする主張についてもその根拠は乏しい。明墨弁護士は志水死刑囚の娘と交流を持っている。どうやら個人的な感情で冤罪を主張しているようだ……って」

「最低です。紗耶ちゃんまで持ち出すなんて」と紫ノ宮が憤る。

「部数獲得のために、人の人生簡単に壊していいわけがない」

赤峰も憤慨するなか、記事の反響を確認していた青山が言った。

「ネットにもアンチコメントが殺到してます」

記事に目を通した明墨が青山に告げる。

「すぐに事実無根だと声明を出してください。それと志水さんの親族や関係者への取材は控えるように呼びかけを」

「はい」

「緋山さんのもとにもマスコミが行くかもしれない。赤峰くん」

「すぐに向かいます」と赤峰は事務所を飛び出した。


先にビジネスホテルに予約を入れ、赤峰はアパートで緋山をピックアップした。

「例の記事が出たことで、メディアに見張られる可能性があります」

停めたままにしたタクシーに乗り込もうとしたとき、緋山が言った。

「あの、例のジャンパーは？」

「事務所に保管してあります。心配ありません」

緋山をビジネスホテルに送り届けるや、赤峰は東京拘置所へと向かう。

接見室に現れた志水に事情を説明していく。

「しばらくは僕が面会に伺うことになると思います。今はマスコミの目もあって、ここに明墨が来ると紗耶さんに迷惑がかかるかもしれないので」

紗耶のフォローはマスコミ対策も含め、明墨がきちんとしている。そう話すと、志水はアクリル板の向こうで頭を下げた。

「何から何まで……ありがとうございます。再審のことも……動画がなくなったというのに尽力してくださって」

「今、再審に持ち込めるような証拠をみんなで必死に探しています。でも……正直なかなか……それで、今日はお願いに来ました」

「？」

「当時のこと、もう一度ちゃんとお聞かせいただけないでしょうか。志水さんにとっては思い出すのもつらいことだと思います。でも……でも、どんな些細な情報でも構いません。お願いします」

「……実はこれを」と、志水は一冊の古いノートを赤峰に見せた。

「事件当時、取り調べの内容を書き記したものです。もしかしたら何か、先生方の役に立つこともあるかと思って」

「！……」

その夜、誰もいない事務所で赤峰は志水から渡されたノートを読んでいた。過酷で非情な取り調べの一部始終が綴られており、その重い内容に何度もため息が漏れる。

そこに紫ノ宮が帰ってきた。ノートを置き、訊ねる。

「倉田刑事部長は？」

紫ノ宮は黙って首を横に振った。

「そうですか……」

疲れたように自席に座った紫ノ宮は、ふと赤峰の手もとに目をやった。

「そのノート……」

「志水さんから預かったんです。事件当時の被疑者ノート」

思わず身を乗り出し、紫ノ宮はノートを覗き込む。

「何か手がかりは？」

「いや……なんていうか、読み進めるのがつらくて」

「いい？」と紫ノ宮はノートに手を伸ばした。

「はい」

紫ノ宮は鉛筆で書かれた文字を食い入るように読みはじめる。

『逮捕されて3日。アリバイに関する取り調べ。拒否するも10時間拘束』

そのあとに具体的かつ詳細な記述が続く。

その時間は娘のぬいぐるみを探して公園にいたという志水の証言は、そんな目撃者は誰もいないと頭から否定される。

『逮捕されて10日。犯行時の尋問調書。取り調べ時間11時間。飲食物、与えられず』

志水を一家殺しの犯人と決めつけた刑事からの罵詈雑言が綴られており、紫ノ宮はまるで自分もがなり立てられているような感覚に陥った。


「ひでえよなあ、糸井に恨みがあったからって家族まで殺すなんて。娘なんてまだ若いのに」と舐めるように覗き込まれる。

さらに遺体の鑑定書を見ながら「嘔吐に下痢、眼瞼下垂に弛緩性麻痺……このあたりの症状は、お前が帰る頃には出はじめてたんだろ？　お前、それ見て楽しんでたのか？」と追い込んでくる。

「そんな残酷なこと……できるわけないだろ!!　俺にも娘がいるんだぞ！」

感情がたかぶり、思わず立ち上がって叫んだ。

「もういいだろ！　ここから出してくれ！　紗耶に会わせてくれ！」

しかし、すぐに刑事たちに押さえつけられた。

「頼む……出してくれ……！」

この頃はまだ抵抗する力もあったが……。

『逮捕されて25日。犯行時の尋問調書。取り調べ時間11時間。飲食物、与えられず。もう答える気力も湧かない。聞いてもくれない相手に、何を言えというんだ……』

怒りでノートを持つ紫ノ宮の手がかすかに震える。

それを見て、赤峰が言った。

「もう少し進むと最後の勾留期間満期直前、明墨先生が取り調べに入ってます。でも、その頃にはもう、詳細な記述はできないほどになっていて……」

紫ノ宮はページをめくった。

『逮捕されて52日。犯行時の調書尋問。新しい検事が来た。冷たくて怖い……』

焦点の定まらない虚ろな目で志水は明墨をぼんやりと見る。遠くのほうから、血の通っていない無機質な声が聞こえる。

「娘さんはこれから、どんなふうに生きていくと思う？　殺人犯の娘……そのことをひた隠して生きるしかない」

その明墨の声が真綿に染みる水のように志水の頭に広がっていく。

「紗耶は……殺人犯の娘なのか」

「横領して、人も殺して。そのうえ、まだ嘘をつき続ける。そんな父親をどう思うだろうね？　聞いたよ、奥さんのこと。交通事故だってな。……娘さんは児童養護施設に保護されたそうだ」

「……紗耶に会いたい。紗耶に……会いたい……会いたい……」

『逮捕されて60日。さやに会いたい』

もう読んでいられず、紫ノ宮はノートから顔を上げ、目をつぶる。

赤峰が言った。

「……言葉、出ませんよね。先生はこのときの後悔を背負い続けている……」

目を開け、ノートを閉じようとした紫ノ宮の手が何かに気づいたように止まった。慌てて前のほうへとページをめくっていく。

「どうかしましたか？」

「ここ」と紫ノ宮はノートのある箇所を指さした。「検察の取り調べが始まる前、刑事の言葉。『眼瞼下垂に弛緩性麻痺』って」

「それが？」

「今、集団食中毒の案件扱ってて、毒のことといろいろ勉強してるんだけど……たしか硫酸タリウムにそんな症状なかったような」

紫ノ宮はデスクのブックスタンドから毒についてまとめた資料を抜き出し、硫酸タリウムの部分に目を通しはじめる。

「やっぱり……。嘔吐、腹痛、下痢、消化管出血などの消化器症状。さらに神経症状として、傾眠、昏睡、痙攣発作、失明、顔面神経麻痺……『眼瞼下垂』や『弛緩性麻痺』なんてどこにも書いてない」

赤峰はすぐに検察の調書を確認する。やはり、そんな記述はなかった。

「どういうことだと思う？」

紫ノ宮に聞かれ、赤峰は考える。

「刑事が勘違いしたか、もしくは志水さんの記憶違いか。……でも、もしかしたら……」

赤峰の推測に紫ノ宮もうなずく。

「世の中の発見や発明は、すべて推測や仮説の上に成り立っている……」

明墨の言葉を赤峰はつぶやいた。

※

「これは僕と紫ノ宮さんが作り上げた一つのストーリーです」

明墨、白木、青山を前にした赤峰が語りはじめる。

「検察の調書によると、毒物鑑定は千葉県警の科捜研で行われたとあります。鑑定の結果、使われた毒物は硫酸タリウムだと判明……それは志水さんが会社の倉庫から持ち出しうる毒だった」

「それがどうしたの？」と白木が訊ねる。

赤峰に代わって、志水のノートを広げた紫ノ宮が答える。

「志水さんの記録によると、三月二十四日の取り調べの刑事はこう言ってます。糸井一家には『嘔吐に下痢、眼瞼下垂に弛緩性麻痺』の症状が出ていた、と。硫酸タリウムでは眼瞼下垂や弛緩性麻痺の症状が出ることはありません」

驚く一同に向かって赤峰が続ける。

「取り調べのときには、毒物が『硫酸タリウム』だったという鑑定結果は出ていたはずなのに、刑事はなぜこんなことを言ったのか。単なる勘違いとも考えられますけど……『眼瞼下垂に弛緩性麻痺』なんて言葉、資料を読みながらでないと、なかなか普段、言う言葉じゃないんですよね」

ふたりの言わんとしていることを察し、明墨はその可能性を検討しはじめる。

「もしこれが勘違いでないとしたら、考えられるのは……」

「誰かが意図して毒物の鑑定結果を書き換えた」と明墨が赤峰に答える。

「……はい」

「毒物の鑑定は難しく、特定には時間もかかります。症状が似ている毒であれば怪しまれなかったのかもしれません」と紫ノ宮も言い添える。

「硫酸タリウムは志水さんにとって手に入れやすい毒です。起訴するための大きな説得力にもなる」

そう言って、赤峰は明墨へと顔を向ける。

「明墨先生がさいたま地検から応援に呼ばれたのは、志水さんの最後の勾留期間満期となる起訴直前。その頃にはすでに書き換えられていて、鑑定結果を疑う余地がなかった……」

明墨は志水のノートを手に取り、考えている。「眼瞼下垂に弛緩性麻痺か……」

その様子を見た青山が「改ざんの可能性はこれまでも検証したことはありました。でも何も出てこなかったんですよ」と言う。

「確証はありません。今、話したのは僕らが作ったストーリーでしかないので」

明墨が顔を上げて口を開いた。

「そのストーリーに書き加えるとしたら……こういうことになるだろう」

明墨は当時の伊達原の心情を推測しながら、皆に語っていく。

「伊達原はイラついていた。志水さんを勾留してはいたものの、起訴するだけの証拠は出ていなかった。このままでは証拠不十分で志水を逃がすことになる。しかし、それでは西千葉建設の横領事件の真相も遠のいてしまう。伊達原にとって、それは絶対避けたいことだった。志水が犯人なのは間違いない。『ならば、志水が犯人だと示せるような証拠を作ってしまおう――』そう思った伊達原は科捜研の担当者に指示し、鑑定結果を書き換えさせた。犯行に使われた毒と症状が似ている毒に……」

そこまで話したとき、明墨の脳裏に床に落ちていた付箋がよみがえった。

もしかしたら……。

明墨はホワイトボードに向かい、『似てる?』と書かれた付箋をはがした。

「桃瀬は何かつかんでいたのか……」

赤峰も気がついた。

「そうか！　似てるって毒のこと……」

すぐに白木が反応する。

「たしか毒の専門書、何冊かあったよね」

「はい」と紫ノ宮がうなずき、「全部出しましょう」と青山もそれに続いた。


預かった桃瀬の書物の中から毒物関連のものを皆で手分けして調べることにした。どの本にもやはり、多くの書き込みがなされ、付箋が貼られている。

「とりあえず『眼瞼下垂』と『弛緩性麻痺』が症状に出る毒を全部リストアップしましょう。その中から硫酸タリウムに似ているものを探しましょう」と青山が作業の指針を示す。

いくつかの候補が出たが、詳しく調べていくと硫酸タリウムとはあまり似ていないものばかりだった。

ホワイトボードに書かれたリストには次々と線が引かれ、その数が減っていく。

「あとはボツリヌストキシン……？」

白木にうなずき、赤峰が検索ウインドウにその名称を打ち込む。パソコン画面に表示された情報にざっと目を通し、症状を読み上げていく。

「初期症状として嘔吐、下痢などの消化器症状、その後『眼瞼下垂』、複視、嚥下障害、『弛緩性麻痺』などが見られる」

「似てる……もしかしてこれじゃない？」

白木の言葉を聞き、明墨はすぐに手にしていた専門書のボツリヌストキシンのページを開いた。ページの上のほうに手書きの矢印が引かれている。その矢印に付箋を合わせて貼ってみると、付箋の文字に引かれた傍線と、その矢印がぴったりつながった。

『似てる？』→ボツリヌストキシン。

「ここだ……やっぱり桃瀬は気づいていた……」

皆も本を覗き込み、赤峰が言った。

「なんか、下のほうに書いてませんか？」

消えかかった弱々しい文字がうっすら見える。かろうじて読めるのは『医者』と『改ざん』の二つの言葉だ。

「もしかしたら、医者との会話で気づいたってことかもしれません」と赤峰が皆に説明する。「桃瀬さんのお母さんから聞いたんです。病院でも事件について調べてて、毒のことを医師に聞いてたって」

明墨が深くうなずいた。

「改ざんの可能性に気づいて、そこからさらに調べるつもりだったんだろう。だが病状が急変した……」

「……」

「青山さん、毒の鑑定者は?」

整理してあった捜査関係者の資料を当たり、青山が答える。

「平塚聡《ひらつかさとし》。八年前に退職して、今は練馬区に」

「すぐに話を聞いてきます!」と赤峰が明墨に申し出た。

「そうしてくれ。それと……」

明墨は紫ノ宮へと視線を移す。

「?……」

明墨と紫ノ宮は、倉田を訪ね留置所の接見室を訪れていた。倉田は、アクリル板の向こうにいるのが明墨だけではないと気づき、憮然とした表情になったが、それでも引き返すことなく、ふたりの前に座った。

「ようやく面会に応じてくださいましたね」と明墨が口火を切る。

倉田は明墨を鋭く見つめ、言った。「あなたに言いたいことがあって来たんですよ。娘をこれ以上巻き込むな！」


「お父さん……」

「あいにく手放す気はありません。娘さんにはまだまだ利用価値がある」と明墨が返す。

「ふざけるな……人の娘をなんだと思ってる！」

「非常に優秀で、便利な部下ですよ。特にあなたを揺さぶるにはもってこいだ」

「！」

怒りでうまく言葉が出ず、倉田は唇を嚙みしめた。

「今日はお聞きしたいことがあって来たんです。糸井一家殺人事件のことで」

「答えるつもりはない」

「娘さんのためですか？」

「！」

「伊達原もタチが悪い。娘を人質に取るなんて」

「!!……」

「下手にしゃべれば娘の将来が潰される。自分は捕まっても構わない。でも娘は守る。美しい父の愛じゃありませんか」

「……どういうこと？」紫ノ宮はじっと父を見つめた。

「……」

「これまで口をつぐんできたのは……私のため？」

「……もう帰ってくれ」

立ち上がった倉田に向かって、紫ノ宮は叫んだ。

「ふざけないで！」

「！」

「私の将来が何？　そんなのどうだっていい！」

これほど腹が立ったことはなかった。

あとわずかで真実に手が届こうとしているのに、私という存在がその邪魔をしているなんて……。

あふれ出す感情を、紫ノ宮は父にぶつける。

「志水さんは冤罪で、いつ死刑になるかわからない状況にいるんだよ！　人の命より大事な将来ってなんなの⁉」

「……」

「わかってるはずでしょ？　志水さんが犯人じゃないってことは、真犯人はまだ野放しってこと‼　なのにお父さんは何年も見て見ぬふりしてきたんだよ……それでも警察官？」

娘からの罵声を倉田は真っすぐ受け止める。

「私は何がなんでも志水さんの無実を証明する。そのときは必ず、お父さんの罪も世間に知らしめる……それが私の正義」紫ノ宮は父に向かって宣言した。

「……覚悟しておくよ。紫ノ宮弁護士」

背を向け、出ていこうとする倉田に紫ノ宮は言った。

「違うよ、お父さん。今は娘として話してる」

倉田は振り向き、紫ノ宮を見つめる。紫ノ宮は志水のノートを取り出すと、ページを開いて、アクリル板に押しつけた。

「これ、何かわかる?」

「……」

「志水さんの被疑者ノート。後半は全部、紗耶ちゃんのことばっかり。会いたい、会いたい、会いたい……。志水さんがどんな思いでいたか……お父さんに想像できる?」

「……」

「ねえ、答えてよ! お父さん!」

倉田は脱力したように、「ああ」とつぶやく。

「想像したよ……何度も……」

その目は涙に濡れていた。

「あの動画を見たとき……本当はすぐにでも公表するべきだと思った。だが……そのときすでに志水の裁判は始まっていた。そのうえ、志水の妻はこの世を去っていた」

「……」

「志水を逮捕したのは我々警察だ。今さら……無罪ですと言い出すのは簡単じゃなかった……」

それでも自分ひとりが責任を取って事が済むのなら、動けたかもしれない。

しかし、そんなわけにはいかなかった。

動画の存在を上層部に報告すると、倉田はすぐに千葉地検に呼び出された。

会議室にいたのは、事件を統括している伊達原検事ただひとりだった。

「一度しか言いません」

口を開くや、伊達原は威圧的に言った。

「あの動画は警察では発見されなかった」

「……ですが」

「今さら無罪でした？　ふざけるな!!　そんなこと発表してみろ！　君や僕の責任で済む問題じゃないんだよ!!」

「!!……」

「もちろん、辞職して責任を放棄するなど許されない。そんなのは禊《みそぎ》でもなんでもない。志水の家は崩壊し、妻は他界した。私たちが殺したとマスコミは騒ぎ立てる。同じ目に遭うべきだ。人殺し。そんな世間の目が我々家族に容赦なく襲いかかる」

十分に想像させる間を置いてから、伊達原は言った。

「これは脅しじゃない。ウチももうすぐ子供が生まれるんだ」

「……」

「私も君と同じ十字架を背負う」

伊達原の言葉は現実から逃れるための魔法の呪文のようだった――。

アクリル板越しに娘を見つめ、倉田は続ける。

「幸い、志水は自白してる。だったら、黙っているのが一番だ。そう自分に言い聞かせて……動画の痕跡を消した。深澤のパソコンにあったデータもすべて……」

「！……」

「志水さんには、本当に申し訳ないことをしたと思ってる。だがもう、取り返しはつかない……」

闇落ちした父の告白に、紫ノ宮は絶望的な気持ちになる。

そのとき、明墨がゆっくりと口を開いた。

「人殺し」

「！」

「そう言われたくないがために……あなたは、人を見殺しにしようとしているんですね」

倉田は明墨へと視線を移す。

「おっしゃる通り、今さら後悔したところで過去は二度と戻ってこない。……でも、未来は別です。志水さんの命を救うことは、今からでもできる」

「！……」

「答えてください。倉田さん、糸井一家殺人事件で使用された毒は……本当は硫酸タリウムじゃなかったんですよね？」

毒……？

いきなり話題が変わり、倉田は戸惑う。

「毒物の鑑定結果は改ざんされていた……」

当時のことが断片的に記憶によみがえってくる。

しかし、倉田は首を横に振った。

「……私は何も知らない」

「お父さん！」

「本当に知らないんだ」

「！」

「ただ……たしかに捜査初期の頃、毒の情報は錯綜していた。糸井のかかりつけ医の診断もあって、最初は集団食中毒が疑われていた。そのあとテーブルから毒物が検出され、殺人事件に切り替わったが……たしか最初は、自然発生しうる毒物だと言われていたんだ。だがあるとき、科捜研の人間が報告に来て。テーブルから検出された毒は、硫酸タリウムだった。遺体からも同じものが検出されたと……。毒の鑑定は難しいと聞く。ある程度時間がかかるのもいつものことだ。だから科捜研の説明を聞いても、特段おかしいとは思わなかった」

「その科捜研の人間というのは、平塚聡で間違いありませんか」

「そうだ」と倉田は明墨にうなずく。「ただ何年か前に亡くなったらしい」

その言葉に紫ノ宮は衝撃を受ける。

「死んだ？　じゃあ、当時のことを証言できる人はもう……」

顔を歪める娘に、倉田はうなずくしかできない。

「……」

ようやく見えてきた光がまた消えようとしている。

それでもここであきらめるわけにはいかない。

このわずかな光は、志水さんが書き残し、桃瀬が遺した希望なのだから。

明墨はうつむきそうになる自分を叱咤し、前を向いた。

※

なだらかな丘を登りながら、明墨がスマホで赤峰からの報告を受けている。

「そうか……やはり亡くなっていたか」

「はい。ご家族にも聞いてみたんですが、当時の資料は何も残っていないそうです」

「……平塚の助手だった人間を探しておいてくれ」

「わかりました」

電話を切り、明墨はスマホをしまう。

墓石が並ぶ緑の丘を見渡し、桃瀬の墓の前に立つ。

掃除をしたあと、持参した花を手向ける。

明墨のその様子を少し離れた場所から見つめる視線がある。

「……」


事務所に戻ると、午後からは執務室にこもり明墨は事務作業に没頭した。夕方、調査に走り回っていた赤峰が帰ってきた。

執務室に入り、明墨に報告する。

「平塚の助手だった人物をリストアップしています。何人かは今週中に会えそうです」

「そうか」と明墨は差し出された書類を受け取った。

「少しでも手がかりがあればいいですけど……」

そのときだった。

入口のドアが乱暴に開かれ、大勢の刑事たちが事務所になだれ込んできた。

紫ノ宮が唖然とするなか、すぐに青山が対応しようとするが刑事たちは無視。

執務室を飛び出した赤峰が、「な、なんなんですか?」と前に出る。少し遅れて、明墨も部屋から出てきた。

刑事のひとりが赤峰を退け、明墨に逮捕状を突きつけた。

「明墨正樹さんですね。羽木精工社長の殺害事件における証拠隠滅罪で、あなたに逮捕状が出ています」

事務所に衝撃が走る。

「逮捕……?」

信じられない思いで、赤峰がつぶやく。

黙ったまま、なんの動きも見せない明墨に刑事は手錠をかけた。

「先生！」

悲鳴のような赤峰の声が室内に響いていく。


伊達原のデスクにはなぜか緋山のジャンパーが置かれていた。伊達原がそれを見て愉しげに微笑んでいる。そこに、緑川が入ってきた。

「明墨が先ほど拘束されたようです」

「そうか。かわいそうに」

「そうですか？」

部屋の隅から発せられた女の声に、緑川は振り向いた。

「当然の報いだと思いますけど」

そう言って、伊達原のほうへと歩み寄るのは白木だ。

「しかし、よかったんですか？　明墨にはそれなりに恩もあったんでしょう？」

笑みを送り、伊達原が訊ねる。

「別に」と感情のこもらない声で白木が返す。「優秀な弁護士さんが来て、用済みみたいだったから」

ふたりのやりとりを傍観していた緑川が、口を開いた。

「明墨の裁判……私が担当でいいでしょうか？」

「いや、私がやろう」

伊達原の言葉に緑川は驚く。

「検事正、自らですか？」

伊達原がにんまりとうなずく。

「明墨くんのためにも、もう終わらせてあげようよ」


刑事たちに連行されてビルの外に出た明墨を、赤峰、紫ノ宮、青山の三人が不安そうに見送っている。

警察車両の前で足を止め、明墨は振り返った。

赤峰と紫ノ宮を見て、言った。

「あとは任せる」

そんな……。

後部座席のドアが開き、明墨の姿が吸い込まれていく。

走り去っていくパトカーを、赤峰と紫ノ宮が絶望的な思いで見つめる。

シートに身を沈め、明墨は真っすぐ前を見据えていた。

10

逮捕された明墨は東京地検内の留置施設に収容された。白壁に背中を預けて座っていると、こちらへと近づいてくる靴音が聞こえてきた。靴音が止まり、明墨はそちらへと目をやる。鉄格子の向こうに伊達原が立っていた。

「君のこんな姿を……ずっと想像していたよ」

愉しげな笑みを浮かべ、伊達原は続ける。

「その執念深さは目を見張るものがあるね。根気と努力は検察官にとって必要な素質だ。惜しいことをした」

「……」

「だが、危ない橋を渡っていると、いつかはこうなる」

黙ったままの明墨に、伊達原は昔語りを始めた。

「僕はね、秋田の片田舎で生まれたんだよ。街の灯りは少なく、短い夏が過ぎるとあっという間に雪が覆う。一年の半分以上が暗いんだ。幼心に灯りに憧れてね。必死に勉強をして、東京に出た。いわゆる超一流大学には入れなかったが、それなりの大学に入り、私は灯りに馴染んだ。……だが司法の世界に入って待っていたのは、また競争だ。田舎者、三流大学出だというだけで軽んじられ、抑えつけられた。だから誰より手柄をあげ、組織の倫理に従い、競争の苛烈さのなかを勝ち抜いてきた」

「何が言いたいんですか」

「私は権力を憎んでいる。理不尽を憎んでいる。悪を憎んでいる。だからこそ厳しく刑罰を求めてきた」

「そのわりにご自分の罪にはずいぶんと甘いんですね」

鉄格子をはさみ、ふたりはにらみ合う。

「あなたを見ているとつくづく思います。ご都合主義の歪んだ正義感ほど、この世を腐らせるものはない」

「正義、ね……」と伊達原は苦笑した。「私に言わせれば、君のほうこそ歪んでる。殺人犯を世に放つ、そんな人間を世間は正義と呼ぶだろうか?」

「世間は関係ありません。私は私の正義を貫く」と明墨は強い視線を向ける。

「たしかに正義は、人それぞれで違うものだ。前にもこの話、したよね? 君がまだ青二才の検事だった頃に」

「……」

「例えば、大切な家族の前で男がナイフを振りかぶっている。今にも殺されてしまいそうだ。君の手にはナイフがある。さあ、君はどうする？」

「殺します」

即答する明墨に、伊達原が微笑む。

「成長したね。あのとき、君は答えられなかった」

「……」

「大切な家族を守るためなら、誰しも人を殺す。そして家族を守った君を人々は正義と言うんだ。……わかるね？　私にも守るべき家族がいる」

「自分の家族さえよければ、ほかの家族は犠牲にしてもいいと？」と明墨が訊ねる。

「鬼ヶ島に乗り込んでいった桃太郎は、鬼に子供がいることを考えたと思うかい？」

「……」

「ある行為が正義となるか悪となるかは、見え方次第。法律というのは、その見え方のためにうまく利用するべきものなんだよ。だから君もこれまで法を利用してきたんだろう？　結構、いい線いってたんだけどね……残念でなりません」

伊達原は勝ち誇ったようにそう言うと、明墨に背を向けた。靴音が遠ざかり、鉄製のドアが閉まる重苦しい音が廊下に響いていく。

明墨が逮捕され数日が経った。これまで派手な活動をしていた分、法を犯した明墨に対する世間の声は辛辣だった。ネットはもちろん、ワイドショーなどの情報番組でも激しくバッシングされ、クライアントの多くが離れた。

緋山も明墨とほぼ同じタイミングで証拠隠滅の教唆犯として身柄を拘束された。

何も告げず事務所を去った白木とは、連絡が取れていない。証拠のジャンパーを勝手に持ち出し、検察に渡した理由は謎のままだ。

「明墨は依然、黙秘を続けています」

緑川の報告をデスクについた伊達原が聞いている。

「ですが、ジャンパーの血痕という物証に加え、白木の証言。緋山も供述を始めています。明墨は間違いなく罪に問われるでしょう」

「久しぶりの裁判、ワクワクするねぇ」

笑顔を見せる伊達原に、緑川が続ける。

「マスコミには情報を流しておきました。正義の仮面がはがれた明墨弁護士に検事正自らが制裁を加える……かなりの注目が集まっています」

「彼の罪は、証拠隠滅だけじゃないからね。世間を騒がせた分、きちんと説明する責任がある」

「十二年前の事件のことですか」

「ああ」と伊達原はうなずいた。「憶測や疑惑で検察の名誉を傷つけたんだ。きっちり償ってもらわないとね……ところで、白木の件はどうなってる？」

「レブルス法律事務所の事務局長待遇でと話はついています」

「そうか。適当にあしらっておきなさい。こっちはあのジャンパーさえあればいい」

ノックの音がして、「失礼します」と菊池が入ってきた。

「起訴後、明墨の保釈申請が出されると思われますが、どうしますか」

「保釈不可だ」間髪入れずに伊達原は言った。

不敵に笑う伊達原を、緑川が無表情で見つめている。

パソコンや書類等が押収され、がらんとした事務所に青山がひとり佇んでいる。糸井一家殺人事件の概要が書かれたホワイトボードを眺めていると、紫ノ宮が戻ってきた。怒りをあらわにした紫ノ宮の表情を見て、青山は言った。

「やっぱり、保釈は難しそうですか」

「そのようです。証拠隠滅の疑いって言いますけど、今さら何を隠滅するっていうんですかね。家宅捜索で根こそぎ奪っておいて」

「そうですね……」と青山はあらためてオフィスを見回す。案件ファイルがしまわれたキャビネットは空っぽで、資料や関連書物が重なっていたデスクも様変わりしている。

「先生はなんと？」

「志水さんの再審の手がかりを探してくれって、それだけです」

ため息交じりに答える紫ノ宮に、青山は言った。

「では、一刻も早く手がかりを見つけましょう」

紫ノ宮がうなずいたとき、赤峰が急ぎ事務所に戻ってきた。

「お帰りなさい。どうでしたか？」と青山が期待を込めて訊ねる。

「科捜研にいた平塚専門官の元部下の方に会ってきたんですが……」

金田《かねだ》という名のその元部下は、三年前、平塚ががんで亡くなる前に意味深な言葉をかけられたというのだ。

『科学者として許されない過ちを犯した。お前はそうなるな』――。

金田は、「今回電話をもらうまで改ざんなんて想像もしませんでしたけど……、そうだったのかもしれない」と赤峰に伝えていた。

「思うんですけど……」と赤峰は続ける。「もしかしたら、平塚先生は何か残したりしてるんじゃないでしょうか」

「！……」

翌日、地検では赤峰と紫ノ宮がアクリル板をはさみ、明墨と向き合っていた。

「改ざんを後悔した平塚先生が善意で残したもの……か」

赤峰の話を聞き、明墨がつぶやく。

「はい」

「良いストーリーだね」

通声穴から届く明墨の声に、ふたりの体に力が入る。

赤峰は続けた。

「金田さんは科捜研をすでに退職しています。なので、今も科捜研で働いている職員の方に連絡を取っているところです」

「期待してるよ」

「……はい」

事務所ビルに紫ノ宮と赤峰が話しながら入っていく。前方のエレベーターから誰かが出てきたが、紫ノ宮は話に夢中で気がつかない。

「でも、平塚先生が科捜研を辞めてからもう八年。仮に今も何か残されてるとしたら、どこに……」

赤峰は少し考え、言った。

「……科捜研の資料室ですかね」

「なんの話?」

紫ノ宮は聞き馴染みのある声に振り返ると、目の前に白木が立っていた。その後ろには大きな段ボール箱を抱えた菊池の姿もある。

「白木さん……」と赤峰が戸惑うような視線を送る。

悪びれることなく白木は言った。

「私物取りに来てたの。これまでお世話になりました」

軽く頭を下げ、菊池とともに去っていこうとする白木に、赤峰は思わず声をかけた。

「なんで……先生を……」

立ち止まり、白木は言った。

「……単純に目が覚めたってだけ。だって、おかしいでしょ。殺人の証拠を隠すなんて。

下手したらこっちまで捕まってたかもしれないんだよ？」

それを言われると反論の余地はない。

「悪いけど、間違ってるとは思ってないから」

そう言い残し、白木は去っていった。

※

過熱する報道によって俄然世間が注目するなか、明墨の証拠隠滅の罪を問う裁判が今、行われようとしている。

弁護人席につくのは赤峰と紫ノ宮。相対する検察席には伊達原、緑川、そして菊池。満席となった傍聴席では青山と紗耶が心配そうに見守っている。

そこに刑務官に連れられ、明墨が入廷してきた。その表情はいつもと変わらず、感情がうかがえない。誰とも視線を合わせないまま被告人席に座る。

裁判長は緋山に無罪判決を下した坂口《さかぐち》だ。坂口にとって明墨は自分を欺いた男である。その内心は含むところもあろうが、それを一切表には出さず冷静に明墨を見つめている。

坂口が開廷を告げ、第一回公判が始まった。

緑川が立ち上がり、起訴状を読み上げる。

「被告人は東京中央弁護士会所属の弁護士であり、緋山啓太に対する殺人被告事件の弁護人であった者であるが、自己の刑事被告事件の証拠となるジャンパー一点を令和六年二月六日頃から、東京都港区新橋七丁目三番地新橋駅前ビル八階所在の明墨法律事務所内のロッカーの中にビニール袋に入れたうえで保管し隠し持って、他人の刑事被告事件に関する証拠を隠滅したものである。罪名および罰条、証拠隠滅罪。刑法第一〇四条」

そして、検察側の証人尋問に現れたのは白木だった。証言台に立つ白木に、緑川が質問する。

「被告人の弁護の結果、緋山さんには無罪判決が出ています。そのことについてはどう思いますか？」

「緋山さんは無罪じゃありません。殺人犯です」

白木の冷静な声が法廷に響き、傍聴席がざわつきはじめる。

赤峰と紫ノ宮は複雑な思いで、白木を見つめる。

「どういうことか説明していただけますか？」

「事務所でジャンパーが見つかったんです」

裁判長に伺いを立て、「同一性確認のため、ここで検察官請求証拠甲第6号証を提示いたします」と緑川がモニターにジャンパーの写真と鑑定記録を映し出す。

「ジャンパーというのは、この写真に写っているもので間違いありませんか?」

「はい」と白木はうなずいた。「緋山さんが羽木さん殺害時に着ていたものです」

「第一審では見つからないままでしたね。それが明墨法律事務所で見つかった、と?」

「はい。私が見つけたとき、ジャンパーはボロボロで……一度は破棄しようとしたんだと思います。犯罪を隠して、殺人犯を無罪にする……あってはならないことだと思いました」と白木は声に憤りをにじませる。

「ありがとうございます」と緑川は裁判官席へ視線を移し、続ける。

「ジャンパーの襟部分から検出された皮脂を鑑定したところ、緋山さんのDNAと一致しました。さらに同様の趣旨で検察官請求証拠甲第12号証を示します」

モニターの映像が血液検査の結果へと切り替わる。

「付着していた血痕は、こちらの鑑定書の写真の通りで間違いないですね?」

「はい。間違いないです」と白木がうなずく。

「鑑定結果がこちらです。殺害された羽木朝雄《あさお》さんのDNAと一致しています。このことから、緋山さんが犯行時に着用していたことは明白だと考えます」

伊達原は一切口出しすることなく、余裕の表情で緑川の質問を見守っている。

いっぽう、明墨の表情も変わらない。傍観者のごとく裁判の行方を眺めているように見える。


緑川は白木への質問を終えると、次の証人として緋山を呼んだ。

「別事件のことですので答えるかどうかはお任せしますが」と前置きし、緋山に質問していく。

「一月三十日21時45分頃、自宅に向かう羽木さんを追いかけ、背後からハンマーで頭部を殴打し、死亡させましたか？」

緋山はうなずき、言った。

「はい……私が殺しました」

まさかの自白に傍聴席は騒然となる。

「罪を認めるんですね？」

「はい。自分の事件の控訴審ではすべてを話し、罪を償うつもりです。申し訳ありませんでした」

深々と頭を下げる緋山を、赤峰と紫ノ宮はなすすべなく見守るしかできない。先ほど緑川が言及したように、これは別の事件なのだ。

緑川は質問を続ける。

「羽木さん殺害後、着ていたジャンパーをどうしましたか？」

「……裁判のあと、ゴミ処理場で処分を」

「証拠を隠滅しようとしたんですね。それについて、誰かから指示を受けましたか？」

緋山は躊躇しつつ、被告人席の明墨をうかがう。

「法廷での偽証は罪に問われます。正直に答えてください」

「……明墨先生に」

「被告人に指示された、ということですね？」

「……はい」

質問を続けようとする緑川をさえぎるように、突然伊達原が立ち上がった。

「被告人はなぜ——」

朗々たる声が法廷に響き、皆が伊達原に注目する。

「あなたに罪を隠すよう言ったんだと思いましたか？　緋山さん」

伊達原の意を酌み、緑川は着席する。

明墨を気にする素振りを見せる緋山に、伊達原が忠告する。

「正直に全て話したほうが身のためですよ」

意を決し、緋山は口を開いた。

「……十二年前の事件の冤罪を晴らすためだと、言っていました」

「十二年前……それは、糸井一家殺人事件のことですね？」

「はい」

「志水裕策死刑囚の冤罪疑惑については、五月二十七日発行の東京中央新聞でも報じられ、メディアでも話題を呼びました。しかし、その事件とあなたの殺人を隠すことと、どんな関係が？」

「昔撮影した動画に志水さんが映ってたらしくて。探すのを手伝ってほしい。そのために私を無罪にすると……」

ふたたび傍聴席がざわめきはじめる。

「それで、その冤罪を示す動画というのは見つかったんですか？」

「……いいえ」

「その動画が存在していたということは証明できますか？」

「……できません」

「つまり、志水さんが冤罪だという確証はない。ということですね」

「……はい」

伊達原はチラリと明墨に目をやる。

すべてを受け入れるかのように、明墨は静かに前を見つめている。

続いて弁護人側の被告人質問が始まった。証言台の明墨に寄り添うように立ち、赤峰が訊ねる。

「先ほど検察官が読み上げた起訴状の事実について、何か言いたいことはありますか？」

真っすぐ前を見たまま、明墨は言った。

「すべて、事実です」

どよめく傍聴席を気にせず、明墨は淡々と続ける。

「緋山さんが羽木さんを殺害した事実を知りながら、その証拠となるジャンパーを破棄するように指示しました。しかし、うまく破棄できなかったため、私が預かり、事務所に隠すことにしました」

赤峰が明墨に訊ねる。

「その理由は、先ほど緋山さんが証言した通りですか？」

「はい。糸井一家殺人事件で死刑判決を受けた志水裕策さんの冤罪を晴らすことが目的でした」

「今、何か法廷で言いたいことはありますか?」

明墨は検察席の伊達原に視線を移し、言った。

「必ず、志水さんの冤罪を晴らします」

挑むような明墨の眼差しを受け止め、伊達原は微笑む。

赤峰は裁判長に言った。

「以上です」


赤峰が席に戻り、伊達原がゆっくりと法廷の中央へと進み出る。

「緋山さんの証言によれば、冤罪を示す動画は見つからず、その存在を示す証拠もない。これは事実ですか?」

伊達原の問いに明墨はうなずいた。

「はい」

「裁判長。検察官提出証拠甲第18号証を示してもよろしいでしょうか」

「どうぞ」

緑川がモニターに新聞記事を映し、伊達原が明墨に向けて話しはじめる。

「この記事は五月二十七日、東京中央新聞に掲載されたものです。この記事が火種となり、志水さんの冤罪疑惑は世間の反響を呼んだ……。記者は沢原麻希さん。あなたの元依頼人ですよね」

「はい」

「この記事の内容は、あなたが沢原さんに吹聴したものですか?」

「情報を提供したという意味でしたら、はい」

「でもたしか先ほど、確証はないとおっしゃいましたよね? つまり、あなたは不確かな情報でマスコミを煽り、世間を騒がせた」

初めて明墨が否定した。

「違います。たしかに証拠はありませんが、冤罪だと確信するだけの根拠はありました」

「なるほど。では、その根拠とやらを聞かせてもらえますか?」

「桃瀬という元検事が遺したファイルがあります。それによると、深澤という刑事が『志水さんのアリバイを示す動画が見つかったが、もみ消された』と証言しています」

明墨はじっと伊達原を見つめ、続ける。

「伊達原検事正……あなたによって」

いきなり裁判の様相が変わり、法廷は不穏な空気に包まれる。

伊達原は余裕の笑みを浮かべ、坂口に言った。

「供述明確化のため、検察官請求証拠甲第20号証を示します」

「わかりました」

検察席に戻り、伊達原は押収した桃瀬のファイルを手に取った。

「そのファイルというのは、この『糸井一家殺人事件』と表紙に書かれたファイルのことですね?」

「……はい」

「私も読ませていただきました。これによると、たしかにその動画を隠滅したのは私だと書いてある。しかしその根拠とする論理は、正直言って破綻していると言わざるを得ませんでした」

「どういうことでしょうか」と坂口が訊ねる。

「事実にもとづいていない憶測や根拠のない噂レベルのことばかり並べたてられていました。あなたが先ほどおっしゃった深澤刑事にも話を聞きましたが……彼は、桃瀬検事の存在もそのような動画の存在も、何も知らないと言っていましたよ」

「待ってください！」と赤峰が口をはさんだ。「ここは検事正の弁明を聞く場ではありません」

「裁判長。これは弁明ではなく、被告人の動機を明らかにするために避けては通れない事柄です。どうか、しっかりとやりとりを聞いていただきたい」

「わかりました。続けてください」

伊達原はファイルをかかげながら、ふたたび明墨へと顔を向ける。

「このファイルを書き残したとき、桃瀬さんはすでに重い病に侵されていた。間違いありませんか？」

「……ええ」

「気の毒に。三十九歳という若さで、どんなに絶望したでしょう。そうした状況下に置かれたとき、人は何かにすがるそうです。彼女の場合はそれが、誰かを救いたいという使命感だった……とは思いませんか？」

「いいえ。そうは思いません」

「もちろん、信じたくはないでしょう。あなたはこのファイルを信じ、検察を辞めて弁護士になった。桃瀬さんのように、誰かを救いたいという使命感に駆られて……」

「……」明墨は眉ひとつ動かさず黙って聞いている。

「ヒーローになりたいと思ったことは？」

「いいえ。全く思いませんね」

「そうですか。でも私は、検察にいた頃のあなたを知っています。非常に優秀で正義感が強く、将来を嘱望されていた。まさに正義の検察官でした」

「……」

「だが極端な正義感はときに、道を誤らせる。ヒーローになりたい人間には、そのための舞台が必要ですからね。忘れたわけではないでしょう。あなたは検察を辞める前の数か月間、根拠のない憶測と虚言を繰り返し、同僚を困惑させていた」

「異議あり！」

赤峰の叫びを無視し、伊達原は続ける。

「そして現にあなたは今も、殺人犯を無罪にしたうえ証拠を隠滅し、なんの確証もない思い込みの情報で世間を騒がせ、それが正義のためだと信じている！　違いますか？」

「裁判長」と赤峰は坂口に訴える。「先ほどからなんの根拠もない検察官の憶測による発言が続いています。どうか適切な訴訟指揮をお願いします」

「そうですね。検察官はある程度根拠のある質問を心がけるように」

坂口の注意を受け、「失礼しました」と伊達原が謝る。

「ですが被告人は以前、私の部下でした。先ほどの発言は憶測というよりむしろ、私の実感をともなった発言だということは付け加えさせていただきます」

伊達原は明墨へと向き直り、訊ねた。

「被告人、最後に何か言いたいことは？」

「……ずいぶんと必死ですね」と明墨は静かに見据える。

「必死？　不正の疑惑がある人間に対し、真実を追い求めるのは検察として当然の使命ですよ。それが元身内であればなおさらです。検察の恥ですからね」

「ですが先ほどから見ていると、検事正は真実を追い求めているというより、必死でご自身の疑惑を払拭しようとしているように見えます」

「私はそんなことはしませんよ」と伊達原は堂々と答える。

「でしたら安心しました。そんなことをしても時間の無駄ですから」

「ほう。それはどういう意味です？」

「まもなく、志水さんの再審請求をする予定です。新証拠が見つかりましたので」

明墨の想定外の発言に赤峰と紫ノ宮は驚く。

伊達原の表情もわずかに揺れる。

「……新証拠？」

「ええ。志水さんの無罪を主張するには十分な根拠となるものです」

「！……」

内心の焦りを隠し、伊達原は弁護人席をうかがう。赤峰と紫ノ宮が困惑したように顔を見合わせているのがわかり、落ち着きを取り戻した。

「……そうですか。でしたら見せてもらえませんか？　その新証拠とやらを」

「その通りです」と緑川も声を発した。「裁判長。これは本件において重要な争点です。志水死刑囚が結局冤罪でないとすれば、被告人がやってきたことはなんの正義もない。悪質極まりない司法への冒瀆です。被告人が自己の行為を正当化するならば、その新証拠がなんであるか語られる必要があるかと」

「私も、同じ意見です」とすかさず明墨が言った。

「！」緑川が目を見開いて明墨を見る。

「裁判長さえよろしければ、次回公判で弁護人からその証拠を示しますが」

明墨から別事件の証拠を提示申請され、坂口は戸惑いつつ訊ねる。

「少し整理させてください……今の点、弁護人はいかがですか？」

赤峰は困惑しつつも、明墨の確信的な物言いには何か考えがあるのだろうと信じ答えた。「……被告人の意向なのであれば、異論ありません」

「わかりました」と坂口はうなずく。「たしかに本件は、十二年前の糸井一家殺人事件が大きな争点となるようです。弁護人は、次回公判でその新証拠に関連する事実について主張してください。検察官は証拠意見の準備を。よろしいですね」

涼しい顔の明墨とは対照的に、赤峰と紫ノ宮の表情からは不安がぬぐえない。

伊達原は何かを思案しながら傍聴席へ目をやると、そこには微笑みを浮かべる白木がいた。

※

事務所に戻った紫ノ宮と赤峰が、顔を突き合わせて話し込んでいる。

「新証拠なんて……先生はなんで急にあんなこと」

「そのことで、僕も先生に確認したいことがあって。僕の勘が正しければ、もしかしたら証拠はもう……」

「?」

そこに青山が入ってきた。

「おふたりに話したいことがあります」

「あなたなら心当たりがあるんじゃないかと思いましてね」

裁判の翌日、執務室に白木を呼び出し、伊達原はそう切り出した。

「明墨が言う新証拠。そんなものが本当に存在すればの話ですが」

「教えてもいいんですけど……それ教えて、私に何かメリットがあるのかなって」と白木はもったいつける。

「契約書の金額に加え、特別報酬を上乗せするようレブルス法律事務所の局長に話を通しておきます」

白木は微笑み、言った。

「ボツリヌストキシン」

「！」

「明墨は、あなたが毒を書き換えたって思ってるんです」

「……！」

その夜、伊達原は千葉県警の科学捜査研究所へと足を運んだ。

「こちらで間違いありませんか。糸井一家殺人事件の薬毒物鑑定書です」

職員から鑑定書を受け取り、伊達原は目を通していく。

「たしかに。手間をかけましたね」

「裁判のための書類でしたら、検事正にわざわざ来ていただかなくても届けさせましたのに」と職員はひどく恐縮している。

「実はちょっと探したいものがありましてね」

そう言って、伊達原は資料室へと案内させる。


資料室でひとりきりになると、さっそく棚に収まっている段ボール箱を調べはじめる。

白木によると、科捜研の資料室に平塚が善意で残した証拠があるというのだ。

法廷でのあの顔を見るかぎり、明墨の弁護人たちもまだ入手はしていないようだ。

彼らよりも先にどうしてもそれを手に入れる必要がある。

順番に段ボール箱を開け、中身を確認しながら伊達原は吐き捨てる。

「何が善意だ」

やがて、ある段ボールのなかに『平塚』とラベルの貼られたファイルを発見した。重なった書類の最後のほうに糸井一家殺人事件の薬毒物鑑定書がはさまっていた。

『ボツリヌストキシン　検出値10ng／mℓ』の表記を見て、伊達原は手が震える。

本当に善意の証拠が隠されていた……。

執務室に戻った伊達原は、部屋に飾られた花瓶から花を抜き、その上で盗み出してきた薬毒物鑑定書に火をつけた。

炎に包まれた書類を見ながら、伊達原は胸を撫でおろす。

数日後、伊達原の執務室に緑川が報告に訪れた。

「弁護側から証拠調べ請求書が来ています。科捜研の薬毒物鑑定の報告書のようですが」と書類を差し出す。

「見るまでもない。それは偽造書類だ」

「？」

「改ざんの事実がないんだから、証拠など存在するわけがない。裁判で新証拠があるなんて大見得を切ってしまった手前、苦し紛れにでっちあげたんだろう」

書類を引っ込め、緑川は言った。

「言語道断です。取り調べ請求は不同意と伝えます」

「いや。同意だよ」

「！……ですが」

「せっかく撒いてくれたエサだ。食いついてあげないとね」

伊達原は愉しそうに微笑んだ。

※

第二回公判――。

弁護人席を立った赤峰が明墨に質問している。

「前回の裁判で、あなたは十二年前の志水死刑囚の冤罪を示す新たな証拠があると言っていました。その供述に間違いありませんね」

「間違いありません」

「その新証拠は、この裁判でも証拠として採用されることになりました。ご本人の口からあらためて詳しく説明をお願いします」

検察席から伊達原が、語り始めた明墨へ鋭い視線を走らせる。

「ご存知の通り、糸井一家殺人事件は飲食物の中に毒物が混入されたことによる毒殺事件でした。当時の捜査資料によると、現場のテーブルからタリウムが検出されたとあります。そしてその後、遺体からも同じ毒素が検出された。これにより死因は硫酸タリウムによる中毒死と断定されました。しかし、この捜査資料には実際には行われていたある検査についての記載がありません」

「裁判長」

赤峰が口をはさみ、「供述明確化のため、弁護人請求証拠第10号証を示します」とモニターに薬毒物鑑定書を映し出す。

鑑定書には、被害者三名の遺体からボツリヌストキシンが検出されたこと。それが致死量に至るほどだったことなどが記されている。

自分が焼き捨てたものと同じ内容であることを確認し、伊達原はほくそ笑む。

「これは科捜研で行われた薬毒物検査の鑑定書ですね。あなたが言っていた、『志水さんの再審につながる新証拠』というのは、この書類のことですか?」

赤峰に問われ、「その通りです」と明墨はうなずき、さらに続けた。

「この書類は科捜研の資料室で発見されました。事件の毒物鑑定を行った平塚先生が残したものです。この書類によれば、二〇一二年三月十二日、毒物鑑定が行われています。その結果、検出されたのはボツリヌストキシン。記載されている数値は、致死量をはるかに超える量です。ところが、捜査資料にはボツリヌストキシンなんてひと言も書かれていません。あるのは『タリウムが検出された』という記載のみです」

「検査結果が反映されていない」

一同の脳裏にその事実が刻まれるほどの間を置き、赤峰が訊ねる。

「なぜ、そんなことが起こったんだと考えましたか？」

「鑑定結果が書き換えられたからです」

そう言って、明墨は検察席へと視線を移した。「そうですよね、伊達原検事正」

法廷中の目が伊達原へと集まる。

口を開きかけた緑川を伊達原が制する。その表情にはかなりの余裕がある。

ざわめく傍聴席が落ち着くのを待ち、赤峰は明墨に訊ねた。

「そう考える理由をお聞かせいただけますか？」

「理由は二つあります。一つは第一回公判でもお話しした通り、伊達原検事正には志水さんのアリバイを示す動画をもみ消した疑いがあること。もう一つは、当時検察が差し迫った状況にあったことです」

「差し迫った状況？……詳しくお話しいただけますか」と赤峰はさらに明墨に訊ねる。

「はい。志水裕策さんは逮捕後もずっと否認を続けていました。そのうえ、殺人を裏づける物証は何一つ出ていなかった。逮捕後の勾留期間は通常十日。長くとも二十日です。

ですが志水さんの身柄拘束は、あらゆる理由をつけて勾留延長や再逮捕などが繰り返され、六十九日にまで及びました。それでも、志水さんは否認を続けたんです」

「……」

「最後の勾留満期が迫っている。これ以上は身柄拘束の理由がない。物証も自白もないなら、保釈するしかない」

検察側に立ったような明墨の切迫した声の響きに、一同は呑まれていく。

「いっぽう、科捜研からは薬毒物の鑑定報告が来ていました。遺体からボツリヌストキシンが検出された、と。これは検察にとって、非常に都合の悪い結果でした。ボツリヌストキシンは研究者でもないかぎり手には入らない。志水さんがどう入手したのか、説得力のある理由をつけるのは困難でした」

「……」

明墨はよどみなく続ける。

「その点、硫酸タリウムなら都合がよかった。志水さんが勤めていた会社の倉庫には、殺鼠剤として硫酸タリウムが常備されていたからです。当時は管理もずさんで、社員なら簡単に持ち出すことができました」

途中で赤峰が確認をはさむ。

「つまり、硫酸タリウムだったということにすれば、志水さんを起訴するうえでの大きな後押しとなりうる状況だった……ということですね?」

「その通りです。検察はそれまで余罪で勾留期間を引き延ばしていましたが、この鑑定結果を理由についに志水さんを殺人罪で再逮捕したんです」

「なるほど」とうなずき、赤峰は明墨に訊ねる。「あなたが捜査に呼ばれたのは、そのあとのことでしょうか?」

「ええ。志水さん再逮捕の数日後、さいたま地検から応援で呼ばれました。当時の実感から言っても、この鑑定結果は検事たちにとって、起訴するうえでの有力な根拠となっていました」

うすら笑いを浮かべながら、伊達原は明墨の話を聞いている。

「以上です」

赤峰が席に戻り、伊達原がゆっくりと立ち上がった。

「いやいや、大変引き込まれる話でしたね」と伊達原が明墨へと歩み寄っていく。

「何も知らない人がこれを見たら、私が鑑定結果を書き換えたと信じてしまいそうだ
……だが、それは真実ではない」

表情をがらりと変え、伊達原は明墨をにらみつける。

「……」

「たしかに毒の鑑定については少々時間がかかり、現場の混乱を呼んだかもしれません。途中から捜査に加わったあなたには特にね。でも、すべて説明できますよ。お聞きになりますか?」

明墨がうなずき、答える。

「ええ。ぜひ」

「裁判長、よろしいでしょうか?」と伊達原は坂口へと顔を向けた。

「尋問にあたって必要な範囲でお願いします」

一同が注目するなか、伊達原は語りはじめる。

「事件発覚直後、現場で行われた簡易検査の結果、たしかにボツリヌストキシンの反応がありました。そしてその情報は、現場の警察官たちにも周知されていました。ですから、当時取り調べをした刑事たちは、ボツリヌストキシンを念頭にしていた。ですがその後しばらくして、現場から新たにタリウムが検出されたと報告があったんです。そのことは知っていましたか?」

「いえ」と明墨は首を横に振る。「つまり、ボツリヌストキシンとタリウムの二つが検出されていたと？」

「その通りです。タリウムの検査にはＩＣＰ－ＭＳという特殊な機械が必要になり、ほかの毒物と一緒には検査ができません。そのため、あらためて鑑定を行う必要がありました。法医学教室から遺体を引き取り、非常に詳細に調べてもらったんです」

「……」

「裁判長」と坂口のほうを向き、伊達原が言った。「ここで供述明確化のため、検察官請求証拠甲第23号証を示します」

「どうぞ」

緑川が新たな鑑定書を出し、先ほど赤峰が出した鑑定書の隣に並べる。モニターに映し出された二つの鑑定書を見ながら、伊達原が話しはじめる。

「これは、当時科捜研が行った薬毒物鑑定の正式な記録と弁護側から提出された弁第10号証の鑑定書を並べたものです」

伊達原は自分たち検察側が提出した鑑定書を指さした。

「ここに糸井一家殺人事件における薬毒物鑑定の結果が記載されていますよね？　ご覧の通りボツリヌストキシンとタリウム、両方の検査が行われています。つまり、私も平塚先生も決して検査結果をねじ曲げてなどいないんですよ」

自らの潔白を主張し、伊達原はさらに説明を続ける。

「遺体の血中に含まれていたボツリヌストキシンの量は致死量のわずか百分の一以下です。人が死ぬような量ではなかった。つまり、ボツリヌストキシンは死因とは直接関係がなかったんです。この毒素は食品内で自然発生することがありますので、飲食物の中にごく微量が含まれていたのでしょう」

「……」赤峰も伊達原の話に注意深く耳を傾ける。

「事件と関係ない物質だとわかった以上、二つの毒物が記載されていても混乱を生む。だから捜査資料には記載されなかった。それだけのことです。このような経緯について、あなた何も知らなかったでしょう？」

「なるほど」と明墨はつぶやいた。「それがあなたの作ったストーリーですか」

「？」伊達原が怪訝な顔をする。

明墨は先を続ける。

「しかし、おかしいですね。弁護側が出した証拠と検察側の証拠。どちらも科捜研による検査で、全く同じ遺体を調べている。にもかかわらず、なぜこうも結果が異なるのか」

伊達原が明墨のあとを継いだ。

「どちらかは偽物……ということになるでしょうね。そして、答えは火を見るより明らかだ」

自信満々の伊達原の次の言葉を一同が待つ。伊達原は弁護人席に向かって言った。

「先ほどあなた方が出したこの書類、偽造書類ですよね？」

「異議あり！」と赤峰は声を荒らげた。「なんの根拠もない決めつけで質問するのはやめてください！」

「根拠はあります。私が示した証拠は科捜研から正式に取得したものです。改ざんのしようがないでしょう。資料室から発見されたなどという曖昧な方法で取得した書類より、よほど信用性が高いと思いますが？」

「……」

言葉に詰まる赤峰に憐れむような視線を投げ、伊達原は一同に向き直りさらに続けた。

「断言しましょう。こんな書類、存在するはずがないんです。捏造でもしないかぎりね」

「存在するはずがない……」明墨のつぶやきに、「ええ。違いますか？」と伊達原が尊大な態度で聞き返す。

「ではなぜ、その存在するはずがない書類を必死で探したりしたんですか？」と明墨が攻め込んだ。

「！」

思わぬところをいきなり突かれ、伊達原はギョッとなる。どうにか驚きを顔に出すのをこらえ、明墨へと顔を向ける。

「……なんのことでしょう？　私が探した？」

「つい最近、検事正は科捜研の資料室に出入りしています。六月十三日、午後7時から8時頃のことです」と明墨は坂口に言った。

なぜそれを……！

顔色を変えた伊達原に、明墨が言った。

「心当たりがあるはずです」

「事実無根ですよ。何を根拠に」

「映像があります」

伊達原はとっさに言い返す。

「防犯カメラのことですか？　だとしたらあの室内にはないはずです」

「さすがよく把握されていますね。ですが違います。資料室内に設置された別のカメラの映像です」

別のカメラだと……⁉

明墨の言葉に、伊達原の顔から血の気が引いていく。

「弁護人、そのカメラ映像を提出する予定はありますか？」

坂口に聞かれ、「はい」と赤峰はうなずいた。「証拠取調請求書はこちらに」

「わかりました。検察官は急ぎ映像を確認して意見を」

「……」伊達原は狼狽した様子を隠しきれていない。

別室で映像を確認し、あの日の自分の行動が隠し撮りされていたことを知った伊達原は今、必死で言い訳を考えている。

セッティングを完了し、赤峰が言った。

「それでは映像を再生します」

法廷のモニターに隠しカメラ映像の静止画像が映し出されたとき、明墨が手を挙げた。

「その前に……裁判長、よろしいでしょうか」

「被告人の発言を認めます。なんでしょうか」

「この映像に関する伊達原検事正の認識は極めて重要です。異例とは承知していますが、被告人の立場から伊達原検事に求釈明させていただきたいのですが。許可願えませんでしょうか」

明墨の発言に紫ノ宮が続ける。

「ただいまの求釈明ですが、当時のことを知る被告人自身により行うことを認めていただけないでしょうか。何かあれば私どもが責任を負います」

「趣旨はわかりましたが……検察官、どうですか」

ここで拒否すれば心証が悪すぎる。やむを得ず、伊達原は言った。

「……裁判長がよろしいなら、私どもは構いません」

「では、この場での求釈明を認めます。検察官による尋問はそのあとに再開ということで」

「ありがとうございます。それではまず映像をご覧ください」

明墨の合図を受け、赤峰が映像を再生する。

資料室の照明がつき、明るくなった映像のなかに伊達原が現れる。

「これは伊達原検事正、あなたですよね？」

「ええ、今、思い出しました。たしか古い未解決事件の資料を見返したくなって、探しに行ったんですよ。解決すべき事件は山ほどありますからね。私が検事でいる間に一つでも多く解決したい。その一心でした。古い資料を探すのは骨が折れましたが」と伊達原が答える。

映像のなかの伊達原は棚に置かれた段ボール箱を漁っている。

モニターを見ながら明墨が言った。

「本当にそうでしょうか」

赤峰は映像を早送りし、一時間弱進んだところでふたたび再生を開始する。伊達原が段ボール箱から目的のファイルを見つけた様子が映し出され、赤峰は映像を止めた。

「あなたが探し当てたファイル。何か書いてありますね。これはなんと書いてあるんですか?」

明墨の問いに伊達原は頭をフル回転させ、言い訳を考える。

「お答えにならないんですね。では赤峰くん、映像を拡大してください」

伊達原が手にしているファイルがズームされ、表紙に貼られたラベルの文字がはっきりと見えてきた。

「『平塚』と書かれていますよね?」

「……」

明墨の合図で赤峰が動画を再生させる。映像内の伊達原がファイルから一枚の紙を抜き取った。赤峰はすぐに再生を止める。

すかさず明墨は問いただした。

「今、このファイルから書類を抜き出しましたよね？　一体なんの書類ですか？」

焦れば焦るほど思考は空回りし、うまい言い訳が思いつかない。

「やはりお答えになりませんか。では……」

明墨は赤峰に目配せし、法廷の一同に言った。

「よーくご覧ください」

伊達原が持っている書類が拡大され、徐々にその内容が明らかになっていく。

それは弁護側が提出した鑑定書と同じものだった。

一同は息を呑み、静まり返った法廷に明墨の声だけが響く。

「見覚えがあるはずです。そっくりではありませんか。弁護人請求証拠第10号証として提出された、この書類に」

明墨は手にした鑑定書を高くかかげた。

「！……」

法廷の空気が一気に弁護側に傾いたのを見て、赤峰はふたたび動画を再生する。映像内の伊達原は畳んだ書類を内ポケットに入れ、カメラの画角から外れていった。

「このあとあなたは書類を持って出ていき、その後は一度も戻っていません」

「……」

「あなたはこの書類をなんのために持ち出したんですか？　なぜ先ほど、この書類は『存在するはずがない』と断言したんですか？」

無論、伊達原は答えられない。

明墨はさらに追い打ちをかけていく。

「ご自分が持ち出し、たしかに処分したから……でしょうか？」

「……」伊達原は頭が真っ白になっていく。

「被告人。ただ今の求釈明について、その趣旨をもう少しはっきりさせてください」と坂口が割って入った。

「はい。順を追ってご説明します」

明墨は証言台を離れ、法廷を歩きながら語りはじめる。もはや、この男が被告人だという認識は聴衆の頭にはない。

「この事件の薬毒物鑑定を担当した平塚先生は、すでに他界しています。ですが元部下の方によると、亡くなる前自らの過ちを後悔し、何かを託そうとしていたそうです」

紫ノ宮と赤峰が固唾を呑んで見守るなか、明墨は続ける。伊達原は未だ二の句を継ぐことができない。

「伊達原検事正はその情報を入手し、すぐさま探しに行ったんです。あとはご覧いただいた通り。かつて自ら行った改ざんの証拠を持ち出し、隠滅を図ったんでしょう……それが私が用意した偽物だとも知らずにね」

明墨の言葉に、伊達原は愕然となる。

「ニセモノ……?」

「検事正は改ざんの証拠を消し去ったと思い込み、さぞホッとしたことでしょう。ですが我々はひと足早く資料室に入り、証拠の原本を手に入れてました。しかし、それを裁判で提示したところで、検事正はいくらでも言い逃れをしたでしょう。現に先ほども改ざん後の鑑定書を提示して、弁護側の出した証拠こそが偽物だと言っていましたよね?」

「……」伊達原は血の気が引いた様子で口をつぐむ。

「それでは真実は明らかになりません。伊達原検事正が改ざん前の鑑定書を不都合な証拠だと考え、これを自ら消し去ろうとする瞬間をとらえることが必要だったんです。そこで部下に指示して、この書類そっくりの偽物を作らせて、資料室に仕込んでおきました。あなたがいずれ、同じ書類を探しに来ることを見越して。もちろん、近くには小型カメラも一緒に」

顔面蒼白になった伊達原が必死に訴える。

「違う……これは何かの間違いです。そもそも、君の部下が警察内部に侵入できるわけがない」

「ええ、そうでしょうね。入れるのは限られた人間のみ。例えば警察内部の人間、もしくは……検察官とか」

明墨の含みのある言い方に、伊達原はハッと検察席へと目をやった。

「君か……」

伊達原がにらむように見ているのは菊池だ。

自分が疑われていることに気づき、菊池はパニック状態になる。動揺もあらわに大きく首を振る菊池を見て、こいつじゃないと伊達原は視線を横に移した。

目が合った瞬間、緑川が微笑む。

「！　緑川……」

絶句する伊達原に向かって、緑川は口を開いた。

「『不正の疑惑がある人間に対し、真実を追い求めるのは検察として当然の使命』ですよね？　『それが身内であればなおさら』です。だって、『検察の恥』ですから」

かつて伊達原から言われた言葉をそのまま返す。

「!!……」

「ちなみにこの件は、検事総長も了承済みです」

それで検事総長と会っていたのか……。

真っ白になった頭で、伊達原はぼんやりと緑川が自分の下についたのはいつだっただろうかと考える。

あんなにも前から、彼らがひそかに張り巡らせた罠にからめとられていたのか……。

自分がこの窮地を脱することが想像できず、伊達原は絶望のどん底に突き落とされた。

※

白木が証言台に立った第一回公判のあと——。

第二回公判に向けて夜まで準備している赤峰と紫ノ宮に、青山が声をかけた。

「おふたりにお話ししたいことがあります」

そう言うと、青山は入口を振り向き、誰かを招き入れた。意外すぎるふたりの登場に、赤峰は仰天した。

「白木さん……緑川さん⁉」

「ごめんねぇ」と白木がふたりに手を合わせる。「この前は冷たいこと言って。菊池がいる手前、ああ言うしかなくて。あいつ、どこ行ってもついてくるんだもん」

「私も伊達原を信じ込ませるためにギリギリまで明かすなと先生に言われてました」と青山も頭を下げる。

えっと……つまり白木さんの裏切りは先生の指示だった……⁉

赤峰と紫ノ宮は顔を見合わせ、「じゃあ……」と今度は緑川を見る。

緑川は微笑み、言った。

「私と礼子と明墨は司法修習の同期だったの。三人そろって検事になってね」

「！……」

強い後悔とともに緑川は当時のことを告白する。

「伊達原の不正のこと、礼子から最初に聞いたときは……信じてあげられなかった」

桃瀬が志水さんの冤罪について明墨に相談したとき、その場に自分もいたのだと。

当時の明墨は、伊達原が証拠を隠滅した証拠はあるのかと桃瀬を問い詰め、「噂ベースなら検証する価値もない。君も検事なら、もっと他にやるべきことがあるんじゃないのか。ただでさえ、犯罪者が列をなしてるんだ」と冷たい態度をとってしまった。

意気消沈する桃瀬に対して、緑川も「志水を自白させたのは明墨だから聞いた相手が悪かった」のだと、さらに「伊達原さんがあの事件で急に出世したことでやっかまれて、そんな噂がたっているのでないか」と言って、力になろうとしなかったのだと語った。

自嘲気味に苦笑し、緑川は続ける。

「ようやく信じたのは、礼子が亡くなる直前。私と明墨にそれぞれファイルを託してくれてね。……そこからは死に物狂いだった。伊達原の不正の証拠をつかむために」

そのためにはできるだけ伊達原の近くにいる必要がある。伊達原の所属する東京地検に転属願いを出し、どうにかそれは叶えられた。

同じ時期、事情を知る自分が内部から探っても潰されるだけだと、明墨は検事を辞めて弁護士になった。

「明墨は検察の外から。私は中から……」

そこから今日に至るふたりの長い闘いが始まったのだ。

一同は緑川の話に聞き入っている。

「まずは志水さんを救い出す例の動画を探すことになった。深澤刑事からの情報をたどった結果、わかったことがいくつかあったの。あの動画を通して収入を得ていたのが『スピルドア』というフロント企業だということ。そして、その経営者が『江越』という名前で呼ばれていること。でも、その先の実態はつかめなかった」

「……」

「伊達原はボロを出さないし、検察内部を調べても何も出ない。進展がないまま、どんどん時間だけが過ぎた……でも、羽木精工での社長殺人事件をきっかけにすべてが動き出した」

「！……」

担当検事の姫野から渡された事件の資料に目を通していたとき、緑川は気がついた。被告人の緋山啓太がかつて千葉市の花見川区に住んでいたということに。

「しかも、志水さんがぬいぐるみを探していた公園の場所から近い。それで気になって調べてみたら、緋山の口座にはスピルドアからの入金記録があったの。入金時期もちょうど十二年前から。その時点では、まさかあの動画を撮った本人だなんて思ってなかった。でも、スピルドアや江越のことを何か聞き出せるかもしれない。そう思って、入念に取り調べさせた」

「！」赤峰は事務所で事件についての全体会議をしたときのことを思い出した。そういえば青山が、「これだけの証拠が集まっていたにもかかわらず、起訴までに相当な時間をかけた。明らかに担当検事の指示があったとみるべきでしょう」と言っていた。

「だからあの事件、起訴までに時間が……」

つぶやく赤峰に緑川はうなずく。

「本当は私が直接、緋山と話したかったんだけど……検察官の取り調べは録音が残る。十二年前のことを聞いたりしたら、必ず伊達原の耳に入る」

「だから明墨先生に弁護を頼んだ……」

「そう。まさか緋山を無罪にまでするとは思いもしなかったけどね」

苦笑する緑川に紫ノ宮が訊ねる。

「緑川さんはずっと協力を？」

「必要なときはお互い手を貸してきた」

「富田正一郎の傷害事件の裁判を担当したのも……？」

「ええ」と緑川が赤峰にうなずく。「私から買って出た。富田の不正を暴くことは、瀬古さんの不正につながってるのもわかってたから。細かいやり方はともかく、明墨は見事にやってのけた」

「なら、伊達原が江越に接触していたこともあらかじめ知ってたんですか」

「あれは……私は知らされてなかったの」と緑川は表情を曇らせる。「状況を理解したのは、唯一の証拠であったあの動画を削除されたあと。ショックなんてもんじゃなかった。なんのためにここまでやってきたのかって。でも……あなたたちが毒の改ざんに気づいてくれた」

「……でも結局、改ざんの証拠は何も」

紫ノ宮のつぶやきに、「そう。だから先生は、最後の一手に出たの」と白木が返す。

ここからは私のターンとばかりに、白木が話しはじめる。

「頼みの綱だった科捜研の平塚先生がすでに他界しているとわかったあの日。私だけ先生に呼び出された……」

執務室に入ると、「頼みたいことがある。君にしかできないことだ」と明墨がやけに真剣な顔で切り出してきた。

「……?」

例のジャンパーを差し出し、明墨は言った。

「これを伊達原に渡してほしい」

「!……でも、そんなことしたら」

「話はつけてある」

すでに緑川とは打ち合わせ済みだった。

明墨が逮捕される直前に桃瀬の墓参りをしたとき、緑川を呼び出していた。そのときに白木を使って伊達原を法廷におびき出すという策を打ち明けたのだ。

「明墨先生が考えた作戦。それが自ら逮捕されるってことだった」

白木の話に赤峰はうなずく。

「たしかに世間が注目する法廷の場で伊達原を追い込むことができれば、絶対にもみ消しようがない証拠になる」

「ていうか、ふたりともちょっとは気づいてた？」

白木に聞かれ、赤峰と紫ノ宮は顔を見合わせる。

「はい……なんとなくは」

納得する白木に赤峰が続ける。

「平塚先生が善意で残したものがあるのではと話したときに、『良いストーリーだね』と先生が言ったんです。その言葉で気づきました。証拠を探すことは必ずしも重要じゃない。伊達原にストーリーを信じさせることができれば、それでいい……もしかしたら、白木さんが寝返ったのはそのためじゃないかって……」

それを聞いて、何かが解けた様子の白木がつぶやく。

「……だから、あのとき」

「はい」と赤峰がうなずいた。

白木が荷物を取りに来たときに偶然鉢合わせた赤峰が、わざと聞こえるように言っていたのだ。「科捜研の資料室とかですかね」と——。

「菊池さんといるのが見えたので、情報だけでも渡せたらって……」

赤峰の言葉に、「うん。伝わった」と白木も返す。

紫ノ宮が緑川を見て、言った。

「緑川さんが協力者だとは、さすがにわかりませんでした。でも、緑川さんなら科捜研にも入れる。証拠はもう手に入ってるんですよね」

緑川は鞄から平塚の残した薬毒物鑑定書を取り出し、一同に見せた。

「この通り」

「!……」

こうして、伊達原をひっかける罠が緑川の手によって科捜研に張られ、白木がそこに誘導した。

自分に都合の悪い証拠はもみ消し、改ざんすればいい——幾度かの成功体験が油断を招き、伊達原はまんまとその罠に落ちたのだった。

※

裁判は続いていた。本来、この法廷で罪を裁かれるはずの人間が、東京地検のトップに君臨する検事正を断罪している。

法廷内の多くの人々が、この異様な状況をどう受け止めていいのか戸惑うなか、明墨は積年の思いを晴らすかのようにさらに伊達原を追い詰めていく。

「『平塚先生が善意で残した改ざんの証拠がある』――そんな情報を聞き、あなたは科捜研から書類を持ち出した。この行為こそが改ざんをしたという何より確かな証拠です。改ざん前の書類の存在を知って、廃棄しようとする人間がいるとすれば、それは改ざんに関与した人物以外に考えられませんからね」

言い返す言葉もなく、伊達原は明墨をただにらみつけることしかできない。

「『殺人の重要な証拠である鑑定書が改ざんされていた』――この事実をもって、私は志水さんの再審請求を行うつもりです」

明墨は伊達原を見つめ、言った。

「志水さんはあなたの不正によって、無実の罪を着せられた。この罪は殺人犯を無罪にするのと、どっちが重いんでしょうね？」

「……」

緑川がその答えを言う。

「十人の真犯人を逃すとも、ひとりの無辜《むこ》を罰するなかれ……」

法曹界に厳然と伝わるこの言葉は、刑事裁判において最も重視されなければならないものは冤罪であると宣言している。

「裁判長」と緑川は坂口に告げる。

「たった今、被告人によって示唆された別事件の証拠改ざんの疑いにつきましては、検察庁としてその真偽を、責任を持って明らかにいたします」

傍聴席のマスコミが飛び出して行く。

伊達原はその言葉を聞いて呆然と立ち尽くすしかなかった。


東京地検の庁舎を出た伊達原は、入口に横づけされた車にすぐに乗り込んだ。張り込んでいたマスコミが、その車を一斉に取り囲む。後部座席の窓に向かって記者が次々と質問を投げかける。

「明墨弁護士が指摘していた点についてお答えください！」

「鑑定書の改ざんは事実ですか？」

「証拠動画の隠滅についてはどうなんですか？」

マスコミを追い払うべくクラクションを鳴らし、車は走りだした。

伊達原はシートに身を沈め、事件のニュースを流す車内のテレビに目をやる。

『先ほど、元高等裁判所判事の瀬古氏が報道陣の取材に応じ、伊達原検事正の証拠隠滅の可能性を告発しました』

アナウンサーの声を聞き、伊達原は前のめりになる。画面が切り替わり、報道陣に囲まれた瀬古が話しだした。

『本日、明墨弁護士の裁判で疑惑が明らかになった十二年前の証拠改ざんについて、強く再調査を望みます』

報道陣の中にいる沢原麻希も瀬古にマイクを向けている。

『当時から改ざんをご存知だったということですか？』

『いいえ。ですが判決の数年後、そうした疑惑を耳にはしました。伊達原検事正が当時、志水さんのアリバイ動画を隠滅したという……』

『もし疑惑が事実ならば、ご自身が下した判決は誤りだったということになりますが』

と、沢原はさらに瀬古に迫る。

『はい。そうなります』

はっきり肯定した瀬古に、他の記者たちから矢継ぎ早に質問が飛ぶ。

『収賄に続いて過去の誤審も認めるということですか？』

『国民を裏切ったあなたが、今さら伊達原検事正の批判ですか⁉』

瀬古は堂々と答えた。

『どうとらえていただいても構いません。ですが、国民の皆様を裏切ってしまった私だからこそ……今日ここに立つ意味があると思いました』

記者たちを見回し、瀬古は続ける。

『人は弱い。だからこそ、人が人を裁くことの危うさが司法にはつきまとう。そのことを決して忘れてはならないんです。……ひとりの尊い命がかかっています。どうか慎重に再調査を行っていただきたいと、切に願っています』

思いを込めて、瀬古はカメラに向かって深々と頭を下げた。

緑川と瀬古が霞ヶ関の道を歩いている。ふたりの先には、国会議事堂がある。

「ありがとうございました……瀬古さんの勇気ある告発のおかげで、世論が大きく動きます。こうなれば検察も、そして司法界全体も見て見ぬふりはできない。いえ……絶対にさせません」

決意を新たにする緑川を見て、瀬古はふっと微笑む。

「……やっぱり、強い人ね」

「？」

「私に近づいた理由も、桃瀬さんのためなんでしょ？」

「！」

「明墨と同期だってことも、嫌々伊達原のところにいたのも知ってた」

「どうしてそのこと、伊達原に――」瀬古が黙っていてくれていたことに緑川は驚いた。

「うらやましかったの」

「？」

「同じ女性でも、伊達原のそばにいても、あなたは……あなたたちは自分の信念を曲げなかった。……私のような弱い人間とは違う」

「……」

「あなたならやり遂げられるわ」

笑みを残し、瀬古は立ち上がった。

「……瀬古さんは」

去ろうとした瀬古の足が止まる。振り向いた瀬古に、緑川は言った。

「閉鎖的な司法の世界で、女性たちの先頭に立って道を切り開いてきた。今も、過去の過ちと向き合おうとしている。……強い人だと、私は思います」

「……」

志水さんや紗耶ちゃんの失われた時間のことを考えると、今さら何をしようが自分が許されるとは思わない。

でも……こうして背中を押してくれる人もいる。

瀬古はふたたび踵を返すと、前を向いて歩きだした。


数日後、赤峰と紫ノ宮が留置施設の明墨に接見している。

「結局あれから緑川さんの尽力もあって、伊達原の起訴が決まったそうです」

赤峰からの報告に、「そうか」と明墨が返す。

「本来、証拠隠滅罪の時効は三年ですから起訴までは難しいかと思っていたんですが、そこはさすが緑川さんで……江越を尋問して、志水さんのアリバイ動画の存在とそれを伊達原に渡したことを証言させたそうなんです」

紫ノ宮が言い、なるほどと明墨が返す。

「再審に通じる重要な証拠を隠滅した罪としてなら、立件できる……」

紫ノ宮と赤峰はうなずいた。

「先生、一つ教えてください」

明墨がうながし、赤峰が続ける。

「僕たち弁護側が出したあの証拠……あれは、偽造したものですよね？」

「……」

「結局、平塚先生が善意で残したものなんて存在しなかった」

明墨が答えないので、紫ノ宮がさらに言い添える。

「緑川さんは伊達原より先にあの書類を手に入れたわけじゃない。青山さんが作った偽造書類を資料室に仕込んだだけ」

愛弟子たちの推測に、明墨はうなずいてみせる。

「人の善意なんて、たかが知れてる」

「僕たちが気づくかどうか試したんですね」

明墨はふたりに微笑んだ。

※

伊達原を被告人とする裁判が幕を開けた。

担当検事は緑川。その隣には菊池の姿もある。伊達原にいいように使われていたことを恥じ、今回の裁判にはかなり意欲を見せている。

傍聴席には赤峰、紫ノ宮、白木、青山に加え、自分たち家族の運命を変えた男の末路を見定めようと紗耶も駆けつけた。

緑川が席を立ち、伊達原に質問する。

「十二年前、あなたは志水さんの起訴を間違いないものにするため、毒物鑑定の結果を改ざんしましたか？」

伊達原は能面のような表情を一切変えず、言った。

「記憶にありません」

「志水さんのアリバイを示す動画をもみ消したという証言もありますが、それについては？」

「記憶にありません」

「記憶にないというのは、やったかもしれないということですか？」

緑川の質問に伊達原は感情のない顔で答える。

「いえ。記憶にないということです」

取りつく島もないまま被告人への反対尋問は終わり、続いて証人尋問となった。検察側の証人として現れたのは、倉田だ。

どこかすっきりとした顔で証言台へと向かう父を、紫ノ宮が強い眼差しで見つめる。

十二年前の糸井一家殺人事件の捜査に関しての緑川からの細かな質問に、倉田は淀みなく答えていく。

「──その動画に志水さんらしい男が映っていると報告を受け、すぐに伊達原さんのもとに行きました」

「被告人はなんと？」と緑川が訊ねる。

「動画は発見されなかったことにしろと……」

「それであなたは、指示通り隠滅を行った」

「はい……」

一同は倉田の証言に息を呑む。

「最後に、被告人に何か言いたいことはありますか？」

「いえ。ただ……」と倉田は口を開いた。

「動画を見る瞬間まで……伊達原さんは、志水さんが本当に犯人だと信じていたと思います。あんなに動揺している姿を……私は初めて見ました」

「……」倉田の証言を聞いても、伊達原の表情は変わらない。

「犯罪者を憎むがあまり……刑罰を与えなければという使命感のあまり……行きすぎた正義感が暴走してしまうことが、我々にはある……」

「……」

「ですが、それもすべて言い訳です……」

倉田は伊達原へと目をやり、続ける。

「伊達原さんと私は、国家権力の盾を利用し、自分たちの都合のいいように物事を動かしていただけなんです……それが、無実の人を苦しめ、真犯人を逃がすことになった……。残りの人生をかけて償っても、到底足りるものではありません」

無表情を貫く伊達原から、倉田は傍聴席へと視線を移した。娘の隣に女子高生くらいの少女が座っている。

少女を見つめながら、倉田は言った。

「志水裕策さんとご家族の皆様。並びに、信頼を裏切ってしまった国民の皆様に……深く謝罪いたします」

腰を折り、深々と頭を下げる倉田の姿を、紗耶と紫ノ宮がじっと見つめる。

倉田の次に証言台に立ったのは明墨だった。

緑川が質問する。

「明墨さん。あなたは被告人の部下として志水さんの事件に関わっていましたね」

「はい」

「まずは今のお気持ちをお聞かせいただけますか？」

「……ずっと、後悔してきました」

絞り出すように明墨は思いを語っていく。

「否認し続けていた志水さんを自白に追い込んでしまったこと。志水さんの自由と尊厳を奪い、家族との絆を壊してしまったこと」

明墨の言葉を何一つ聞き漏らすまいと、紗耶は真剣に耳を傾ける。

「この罪が消えることはありません」

「……」赤峰は万感の思いで明墨を見つめる。

「初めて志水紗耶さんに会ったのは……まだ母親の早苗《さなえ》さんがご存命だった頃です」

え……。

紗耶は驚いた。そんな話を聞くのは初めてだった。

「早苗さんは、まだ五歳だった紗耶さんを連れて千葉地検を訪れていました」

明墨は目をつぶり、当時のことを思い浮かべる。


庁舎一階ロビーを横切り、エレベーターへと向かっていると、「あの……」と声をかけられた。振り向くと、幼い少女を連れた三十代半ばの女性が立っていた。

「志水裕策は……」

口に出した名前を聞き、明墨は初めて彼女が志水の妻だと気づいた。ということは、連れている少女は娘の紗耶だろう。

「面会ですか？　それでしたら、今は弁護士以外には認められていません」

事実を告げ、去ろうとした明墨を、「あの！」と早苗は引き留める。

「志水裕策は……本当に、人を殺したんでしょうか」

「……検察は、そう考えています」

「！」

意気消沈する早苗を見ていられず、明墨はその場を去ろうとした。そのとき、紗耶の目から大粒の涙があふれた。

「違うもん！　パパは優しいもん！　悪い人なんかじゃない！」

「！……」

大声で泣きながら必死に抗議する紗耶を、慌てて早苗がなだめる。

「紗耶。帰るよ」

「イヤだ！　パパに会いたい！　パパに会いたいよ！」

紗耶の声から逃れるように顔を背け、明墨は足早に立ち去った――。

明墨は当時のことを思い返しながら、伊達原をじっと見つめ、言った。

「父親を信じ、帰りを待ち続けた彼女の希望を奪ったのは……我々です」

「……」

「彼女は……誰よりも家族を求めていた」

話していると、次から次へと紗耶との思い出がよみがえってくる。

保護犬施設でミルを譲り受けたとき、「先生のこと、本当のお父さんだと思うんだよ」

とその背中を撫でながら、紗耶はふと明墨に言った。

「ミルとマメのお父さんとお母さんだから、私たちも親戚だ」

「そうだな」

「やったあ～」と紗耶は顔をほころばた。「マメのおかげで私にも家族ができたよ。……でも、いいなあ、ミルは。これからあったかいお父さんがそばにいてくれて」

何げないその言葉が明墨の胸に突き刺さる。


そんなふうに紗耶の言葉の端々から、自分が彼女から家族を奪ったという事実を突きつけられ……彼女の笑顔に心が癒やされるたびに、志水さんからこの笑顔を奪ったのだと思い知らされた。

明墨は伊達原を見つめながら、声をかけた。

「……伊達原さん。あなたは娘さんと過ごした十二年間、どうでしたか？」

「！」無表情を貫いていた伊達原がわずかに反応する。

「さぞ幸せだったでしょう」

「……」

「ですが、それはあなたが志水さんと紗耶さんから奪った人生の上に成り立っているんです。私は人ひとりが守れるものって、そう多くはないと思ってるんです。大切なものが増えれば増えるほど、何かを犠牲にしなければいけないこともあるでしょう。……ただ、犠牲にすべきは、他人ではない」

伊達原の能面が崩れた。

「戯言だよ。バカバカしい！」

「……」

「競い合い、奪い合う。それがこの世の中だ。守りたい者を守るためには、勝ち上がるしかない！」顔を歪め、吐き捨てる。

「被告人は勝手に話さないで――」

裁判長の橋本《はしもと》の制止を無視し、伊達原は続けた。

「志水には容疑をかけられるだけの理由があった！　横領に手を染め、社会的信用を失い、家族を失った。それをすべて私のせいにするのか？」

「……」紗耶が唇を引き結んで聞いている。

「この社会は、一度でも道を踏み外した者に二度とチャンスを与えない。誰もが勝ち上がるために必死な世の中で、足を踏み外した人間は踏みつけられる。それが真理だ。現実なんだよ」

抑えていた感情が爆発し、伊達原は身勝手な持論を声高に語る。

沸騰する湯に水を差すように、明墨が言った。

「その同じ言葉を……娘さんにも言えますか？」

「！……」

「ふとした瞬間、意図せず足を踏み外すことは誰にでもあります。そのとき、彼女が理不尽に奪われ、踏みつけられたとしても……父親として、そう言うんですか？　仕方ないことだと。それが世の中だと」

「……」

「本当にそれが世の中だと言うなら……子供たちのために未来を変えていくのが、我々の仕事なんじゃありませんか？」

「……」

「あなたがおっしゃる通り、世の中はちっとも公平なんかじゃない。なんの落ち度もなく命を奪われる者がいる。何年、何十年と悪事を重ねても隠し通し、富と権力をほしいままにする者もいる。この不平等な世の中で、誰もが気づかないうちに自分の物差しで人を裁き、罰を与えている。ときには、二度と立ち直ることができないくらい厳しい罰を。恐ろしいことですが、それが現実です」

静まり返った法廷に、明墨の言葉が響く。

「人を裁くことは、快感ですからね」

明墨は皆に語りかける。

「法律とは一体なんなのでしょうか？　我々は法律によって白か黒かを公平に判断することができる。しかし、しょせん人間が作り上げた尺度です。法によって白となったことが本当に白なのか？　黒の奥には限りない白が存在するのではないか？」

「……」

「それを考え続けることこそが……こんな世の中をつくってしまった我々の役割なのかもしれません」

皆が聞き入るなか、伊達原が口を開いた。

「……傑作だね。さんざん法を犯してきた君が、それを言うとは」

伊達原をじっと見つめ、明墨は言った。

「大切な人を守るためなら、誰しも人を殺す」

「！」

「たしかに今の私は殺すでしょう。でも、それだけじゃない」

明墨は目に暗い光を宿し、慄然とする伊達原に向けて言った。

「地獄へと引きずり下ろし、這い上がれないよう見張り続けます。……あなたが自らの罪を悔い、償いたいと思う日まで……ともに、地獄に落ちましょう」

「前回の公判では否認を続けていた伊達原被告ですが、今回の裁判では一転、罪を認める発言が見られました」

十二年前の糸井一家殺人事件の冤罪問題は今なお世間を騒がせている。事件を特集する報道番組に呼ばれた沢原が、裁判の行方を解説している。

『証拠動画の隠滅に薬毒物鑑定書の改ざん、これらの罪を認めたとなれば、志水さんの再審に向け、大きく事態が動くのは間違いありません』

※

テレビ画面を眺めつつ、白木と青山がオフィスの整理をしている。家宅捜索で持ち出された資料がようやく戻ってきたのだ。

キャビネットにファイルをすべてしまい終え、「うん」と白木がうなずいた。

「これで先生がいつ帰ってきても迎えられますね」

「ええ」

微笑み、青山はふと白木のデスクに目をやる。無造作に置かれた本の中に司法試験の参考書があるのに気づき、思わず訊ねた。

「白木さん、それ……」

青山の目線を追い、「ああ」と白木が話しはじめる。

「覚えてますか？　私が初めてこの事務所に来たときのこと」

もちろん、忘れるわけはない。「十八歳で家を出てからこれまで水商売で生きてきましたが、将来を考えたら堅い仕事のほうがいいと思って」という志望動機には明墨と青山も度肝を抜かれた。

「法律の知識もなかった私を、先生は認めてくれた……。私、誰かの役に立てるのが嬉しくて……」

青山は、慣れない仕事を持ち前のパワーで明るくこなしていた白木の姿を思い出す。それは立ち上げて間もない明墨法律事務所の、確かな光となっていた。

「もう、あの頃みたいに頼ってくれないのかなって……本当はちょっと焦ってたんです。あのふたり、どんどん成長していくし」

「……」

「でも……私にしかできないことがある。今は、そう思うんです」

「……そうですね」

ふたりは顔を見合わせ、微笑んだ。

独房のなか、文机の上に置いた白い便箋を、緋山がじっと見つめている。

脳裏に浮かんでいるのは、逮捕される前日にかくまわれていたホテルの部屋で交わした明墨との会話だ。

「ここにも警察が来るでしょう。あなたはすべて話して構いません」

明墨にそう言われた緋山は覚悟を決め、本音を告げた。

「俺、感謝してます。犯罪者の俺なんかを、志水さんのために協力させてくれて」

「私はあなたを利用したまでです」と明墨はすげなく返す。「それに勘違いしないほうがいい。人を助けたからといって、あなたの罪が軽くなることはありません」

「……犯罪者は希望を持つべきじゃないんですかね」

「被害者遺族のことを考えれば当然でしょうね」

非情ともいえる言葉だったが、なぜか心が軽くなった。

「あなたが傷つけた人々に何を思うか、どう行動するか……目を背けずに向き合い続けることが、あなたに残された使命です」

「……」

「必ず生きてください」

その言葉は小さな灯となって、これからの暗い道のりを照らしてくれる気がする。

緋山は鉛筆を手に取り、便箋に文字を綴りはじめる。

「羽木春子様　湊様」


紫ノ宮は、接見室で倉田と向き合い、現状を報告している。

「間もなく勾留が解かれることになると思う。虚偽告訴幇助の件も再調査が行われる見込みで……」

「飛鳥……俺の弁護を降りろ」

「なんで？　私がちゃんと――」いきなり言われ、紫ノ宮は戸惑う。

「罪は償う。正当な裁判をしてもらうために、別の弁護士を依頼する」

「！……私じゃ頼りないってこと？」

「違うよ」

「だったら……」

倉田は照れくさそうに微笑み、言った。

「娘に守られる父親なんて……カッコ悪いだろ」

そんな理由……？

長らく見ていなかった父の笑顔に、鼻の奥がつんとなる。込み上げる涙をこらえながら紫ノ宮はうなずいた。

「わかった。でも、また来るから……お父さん」

その声音に子供時代の娘を感じ、倉田の頰がゆるんでいく。


緑川は親友が眠る丘に立っている。

墓石の前に花束を置き、つぶやく。

「礼子、私たち頑張ったよね……」

さわやかな風が優しく頰を撫でた。

「ありがとう」と声が聞こえた気がして、緑川は微笑む。

※

半年後――。

地方裁判所から出てきた赤峰と紫ノ宮へマスコミが駆け寄る。

「志水裕策さんの再審が決定致しました――」


再審が決定し、ほどなくして志水は釈放された。

付き添いの赤峰とともに拘置所を出ると、門の向こうに紗耶の姿が見えた。隣には紫ノ宮もいるが、志水の目には紗耶しか映らない。思わずその足どりが速くなる。

一歩一歩進むたび、娘の姿が大きくなる。

紗耶の目は涙でうるんでいるように見える。

門が開き、志水の足が自由への一歩を踏み出した。

そこに紗耶が駆け寄っていく。

胸に飛び込んできた娘を、志水は強く抱きしめた。

「パパ……お帰りなさい」

「ただいま……紗耶」

父娘の熱い抱擁を、赤峰と紫ノ宮が涙ぐみながら見守る。

ふたりは互いに見つめ合うが、もう言葉にならない。

志水はただ泣きながら、その存在を確かめるようにいつまでも娘を離さなかった。

「そうか……無事釈放されたか」

赤峰からの報告を接見室で聞き、明墨は大きく息を吐いた。

とてつもなく重い肩の荷をようやく一つ下ろして、ホッとした表情をしている。

「はい。裁判所が拘置の執行停止まで認めてくれました。再審はこれからですが、必ず無罪を勝ち取ります」

「……ありがとう」

「！」

「ここまで来れたのは、君のおかげだ」

初めて感謝の言葉をかけられ、赤峰は戸惑う。

「……どうして僕を、この事務所に入れたんですか？」

赤峰をじっと見つめ、明墨は口を開いた。

「初めて君を見たとき……」

明墨は松永理人の裁判を思い出す。傍聴席から立ち上がり、赤峰が叫んだその言葉を。

「あなた方がそこにいるのは、罪のない人間に罪を着せるためですか？　そんな司法権力なんかゴミだ‼　法に携わる人間が、人々の『信頼』を背負っていることを忘れては駄目です！　それが法廷に立つ者の『誇り』じゃないんですか⁉」

赤峰の叫び声を聞きながら、脳裏には桃瀬が書いた一文が鮮やかによみがえっていた。

「司法の『信頼』と『誇り』を取り戻せますように」

「君のその信念が……志水さんの冤罪を晴らすための力になると思った」

「もしかして、緋山さんの裁判のあと僕の前で緋山さんに車の鍵を渡したのも……」

僕が証拠隠滅を防ぐかどうか、試した……？

「人は二通りに分かれる。真実に向き合う者と目を背ける者。君は……見込んだ通りだった」

「！……」

「君は言ったよな。大事な人を守るためなら、人を殺すと」

「はい」

「そういう人間は強い。きっとやり遂げてくれると思っていた」

「……」

「君を部下に持てたこと、誇りに思う」

「!!……」胸が熱くなり、赤峰は言葉に詰まる。

どうにか気持ちを落ち着かせ、渦巻く思いを口にしていく。

「あの裁判からずっと……考えてました。法律とは、一体なんなのか」

「……」

「罪を償い、やり直すためにあるのが法律だと……前はそう思ってました。でも、今は知ってます。罪を償ったからといって許してくれるほど、世の中は甘くない。公平でもない。この不条理と闘うためには……アンチヒーローが必要なのかもしれません」

「……」

「だから……今度は僕が……」

アクリル板越しに明墨の目を真っすぐ見つめ、赤峰は言った。

「あなたを無罪にして差し上げます」

※

静まり返った法廷に朗々たる声が響いている。

その声音は心地よく耳に届き、常に冷静に、ふいに熱を帯びる。巧みな話術に、一同は知らぬうちに引き込まれていく。

法廷は今、その中央に立つ男の舞台と化している。

語り終え、明墨は被告人に向き直った。

じっとその目を見つめ、ゆっくりと訊ねる。

「それではもう一度聞きます。よーく考えてから答えてください」

「……」

「あなた、本当に人、殺したんですか?」

――終わり

CAST

長谷川博己

北村匠海

堀田真由

大島優子

林 泰文

山下幸輝

近藤 華

緒形直人

岩田剛典

神野三鈴

細田善彦

藤木直人

吹石一恵

木村佳乃

野村萬斎

TV STAFF

プロデューサー …… 飯田和孝
大形美佑葵

演出 …………………… 田中健太
宮崎陽平
嶋田広野

脚本 …………………… 山本奈奈
李 正美
宮本勇人
福田哲平

音楽 …………………… 梶浦由記
寺田志保

主題歌 ………………… milet「hanataba」
（ソニー・ミュージックレーベルズ）

法律監修 …………… 國松 崇

警察監修 …………… 大澤良州

製作著作 …………… TBS

BOOK STAFF

ノベライズ …………… 蒔田陽平

カバーデザイン ……… 王 怡文
市川晶子（扶桑社）

DTP …………………… Office SASAI

校正・校閲 ………… 小出美由規

編集 …………………… 木村早紀　井関宏幸（扶桑社）

出版コーディネート …… 近藤千佳　六波羅 梓
（TBSグロウディア　ライセンス事業部）

日曜劇場
ANTI HERO　アンチヒーロー(下)

発行日　2024年6月24日　初版第1刷発行
　　　　2024年6月30日　　　第2刷発行

脚　　本　山本奈奈　李 正美　宮本勇人　福田哲平
ノベライズ　蒔田陽平

発 行 者　秋尾弘史
発 行 所　株式会社 扶桑社
〒105-8070　東京都港区海岸1-2-20　汐留ビルディング
電話　(03) 5843-8843(編集)
　　　(03) 5843-8143(メールセンター)
www.fusosha.co.jp

企画協力　株式会社 TBSテレビ
　　　　　株式会社 TBSグロウディア

印刷・製本　図書印刷 株式会社

Printed in Japan
ISBN 978-4-594-09776-9